U0453717

周先民 著

以诗论诗

咏中华诗史绝句二百首

中国出版集团有限公司

研究出版社

图书在版编目 (CIP) 数据

以诗论诗：咏中华诗史绝句二百首/周先民著.
北京：研究出版社，2025.5. -- ISBN 978-7-5199
-1755-5

Ⅰ.I207.22

中国国家版本馆 CIP 数据核字第 20255N94G6 号

出 品 人：陈建军
出版统筹：丁　波
责任编辑：于孟溪

以诗论诗：咏中华诗史绝句二百首

YI SHI LUNSHI: YONG ZHONGHUA SHISHI JUEJU ERBAI SHOU

周先民 著

研究出版社 出版发行

（100006 北京市东城区灯市口大街 100 号华腾商务楼）

北京隆昌伟业印刷有限公司印刷　新华书店经销
2025 年 5 月第 1 版　2025 年 5 月第 1 次印刷
开本：787 毫米 × 1092 毫米　1/32　印张：8.25
字数：131 千字
ISBN 978-7-5199-1755-5　定价：68.00 元
电话（010）64217619　64217652（发行部）

序

　　诗者，文学之冠冕也；诗论者，冠冕之旒纩也；论诗之诗者，旒纩之珠玉也。周兄先民此著，以诗论诗，以一当十，皇皇三千年中华诗史，凝缩于二百首绝句短章，如此学养才情，诚可谓南州冠冕，吟珠吐玉。其尚友古人之深心，已荦然大者；其前无古人之壮举，又何其伟哉！

　　予生性驽钝，为学甚浅，于诗道尤欠精研，周兄杰作，本不敢妄置一辞。然身为同乡老友，于周兄其人，赞叹之余，犹有不吐不快者。周氏一族，文豪世家，书香门第，乃父本淳先生，学富五车，才高八斗，俨然当代鸿儒。周兄降生芝兰之室，自幼含英咀华，长则撷芳揽翠，专攻古典文史，饱读册府秘籍，南师学士、南大硕士，已自不凡，犹思再造，复东渡扶桑，于名城最高学府摘取博士桂冠，人生峰顶，赫然在望矣。惜乎时运迍邅，造化偃蹇，周兄满腹经纶，偌大东瀛，竟无泮宫一席，以绛帐解惑、金针度人，此诚予为之扼腕者也。然周兄略无介怀，泰然自若，以诗为侣，啸傲林泉，随意吟哦，即斐然成章。此论诗二百华笺，本为娱情遣兴，非求显世扬名，今幸承京华名门研究出版社慧眼识英，慨允付梓，莘莘学子，乐见津梁，郁郁学林，喜增佳卉。予周遭同人，无不为之额手称庆，乃益知周兄此一绝作，端出自悬剑刎颈之谊，厚积薄发之功。因其日常为人行事，于文则精意覃思，学贯今古；于友则推心置腹，义薄云天。吾侪敬呼“周公”，亦为感服其吐哺归心之气度也。

呜呼，士有兼济独善之辨，文有趋时悖世之别。倘能一摒利害，无问雅俗，摛文掞藻，唯取适性，寻章逐句，但求本真，虽一隅之光，犹可照壁，纵一苇之航，亦堪渡津。欣欣然若化蝶山水，浩浩乎以寄情天地，人或予取予求，我则无誉无咎，清风朗月，玉山自倒，此生此世，复何憾之有？周兄平生风义，洵此之谓也。

嘻，微斯人，吾谁与归！

癸卯岁杪，金陵叟蔡毅记于蛉洲尾张

弁　言

　　偏居东隅，岁在丙申。周家有子，蕞尔小民。含英咀华，读诗修身。情迷美境，心慕古人。邯郸学步，东施效颦。竭思尽智，欲缀珠玑。绝句二百，史以诗陈。辅以短文，权充传论。浅尝辄止，意难尽申。扣槃扪烛，识者或嗔。千虑一得，敝帚自珍。才识不济，非敢自矜。有待方家，指谬涤尘。大海垂钓，还须丝纶。万千气象，韵文试巡。

　　君不见黄河之水天上来，奔流到海不复回。君不见中华诗史三千年，隋珠昆玉美无边。

　　《诗经》朴素，兴观群怨，乃写实传统之渊源；《楚辞》绚烂，比兴象征，着纵情抒怀之先鞭。屈子多情，一唱三叹，乃最早之诗人；《离骚》多忧，幽怨郁悲，为最长之鸿篇。汉代乐府，奋《诗经》之余烈，绘世间之百相；《焦仲卿妻》，开叙事之奇葩，诉夫妻之悲怆。"古诗十九"，一字千金，示人之觉醒；"建安风骨"，悲凉慷慨，显士之憧憬。曹操雄心万丈，四言诗差可称殿军；曹丕倾色倾情，七言诗开山有殊勋；曹植才高八斗，五言诗俊逸秀拔群；蔡琰红颜薄命，自传诗凄切遏流云。意旨遥深，正始之音喜谈玄；穷途恸哭，阮籍《咏怀》不易诠。辞渐繁缛，太康诗风竞艳秾；松生涧底，左思《咏史》叹运穷。躬耕南亩，田园诗起陶渊明，一圃一畦引诗思；投身自然，山水诗发谢灵运，一山一水化美辞。上挽曹、刘，下开李、杜，鲍明远名成乐府；谨防八病，妙遣四声，沈休文功在"永明"。清新活泼，对偶工整，谢朓令青莲低首；苍劲沉郁，健笔纵横，庾信让少陵服膺。北朝民歌元气淋漓，《木兰辞》唱巾帼英雄壮志酬；南朝民歌欲情火热，《西洲曲》诉相思少女不尽愁。

诗入大唐，群凤引吭。白话入诗，寒山信口自在吟；与时俱进，"四杰"展喉即唐音。同擅七言歌行，照邻有清藻之形，宾王有坦易之评；咸善五言近体，王勃有高华之誉，杨炯有浑厚之名。《代悲白头翁》，刘希夷一曲绝唱意何长；《春江花月夜》，张若虚孤篇横绝压全唐。幽州台上陈子昂，寂寞怆然诉悲凉，风骨峥嵘倡兴寄，一扫靡风迎盛唐。边塞诗派，高、岑与二王。高常侍浑朴老成，七古独擅场；岑嘉州雄奇瑰丽，歌行尤见长；王之涣倜傥雄才，惜仅存五章；王昌龄豪放深沉，或称七绝王。清新幽美，田园山水。即景寄心，清诗堪传，当数孟襄阳；着笔成绘，诗中有画，且看"诗佛"王。惊风雨，泣鬼神，凌跨百代，英玮绝尘，"诗仙"李白仰天大笑唱青春；形完璧，字丽琛，博大精微，傲视古今，"诗圣"杜甫沉郁顿挫思最深。诗至中唐，百花竞香。乐府直斥时弊，重质轻文，彼为元漫郎；五言自诩长城，雅畅清夷，此乃刘文房。李君虞咏边塞风景，大漠秋风，孤城月明；韦应物歌山水风光，高雅闲淡，孤舟自横。东野穷愁，钩章棘句，甘愿作诗囚；阆仙寒瘦，呕心沥血，只为好诗谋。张王乐府，比肩为伍。张水部语浅意深,看似寻常最奇崛;王司马词丽思婉,《宫词》百首难逾越。花开花落总相思,春鸟哀吟薛涛诗。狂沙吹尽见黄金,斗士豪情梦得吟。雄笔驰才好僻词,韩昌黎扬厉铺张,以文为诗;深沉孤高耽丽句,柳子厚寄情山水,描景寓思。居易字乐天,宣宗封"诗仙"。《新乐府》《秦中吟》,刺世哀民喻苦心;《长恨歌》《琵琶行》,感天动地到而今。元稹深情哀婉,《遣悲怀》尤为绝唱;李贺瑰丽奇诡,神鬼才诗坛无上。小李小杜,晚唐盟主。托兴幽微,豪宕缠绵,樊川众体兼备,七绝气韵欲追李青莲;寄感遥深,朦胧瑰玮,义山各体俱佳,七律精工比肩杜子美。存诗五百皆律绝,为许浑诗之体裁;八叉手而八韵成,乃温飞卿之诗才。同处末世,方外贯休哀民生,嫉恶如寇仇;前蜀韦庄《秦妇吟》,血泪相和流。同为不遇,罗隐为人放达,杯中有酒即忘忧;荀鹤为诗浅率,却有宫词高一头。隐逸田园,陆龟蒙创写农事诗;迫附黄巢,皮日休蒙羞"大齐"时。

唐宋易代,诗分三派。王禹偁引领白体宗居

易，多所讽喻，一时主盟；寇平仲派归晚唐诗思细，苦吟巧琢，多是闲情；钱惟演主导西昆仿玉溪，逞才炫学，用典甚精。林和靖澄泬峭特，最擅咏梅花；梅圣俞工于平淡，实自成一家。欧阳修提携一干英才，议论入诗开新风；苏舜钦呼吁歌诗致用，超迈粗放气势雄。虽为宋学开山，盱江先生吟咏亦深婉清幽，语淡情浓；但以画家名世，笑笑居士写诗能全景在胸，画在诗中。宋诗用典竞成风，开山当归王荆公，学问入诗辟新路，意赅韵远味难穷。横看成岭侧成峰，苏诗恣肆又从容。学问议论皆入诗，唐音宋韵自不同。宋诗典雅浸书香，点铁成金始于黄，江西诗派奉为祖，诗法森严循有章。少游诗亦柔亦刚，并非类女郎；后山诗字有来历，苦吟为诗狂；宛丘诗气韵雄拔，重新取法唐。唐庚悲吟累日，有似贾阆仙；惠洪心融山水，笔下生云烟；韩驹雅好用典，出语却自然。

靖康二年，北宋南迁。南渡诗人，诗风一新。颠沛流离，吕东莱直面苦难，历咏艰辛；娴雅清幽，曾茶山旧典入诗，且能推陈；白描多趣，陈简斋浅语造境，最为传神；寄慨兴感，刘屏山《汴京纪事》，记史存真。爱国男儿陆放翁，古歌奔放近坡公。六十年间万首诗，古今各体皆能工。四时田园记杂兴，农村农事农民情，田园诗派传统久，终由成大集大成。诙谐泼辣诚斋体，生擒活捉景纷缊，亦雅亦俗白描狠，处处山川怕见君。情韵理趣诗意稠，朱文公绝非只是学究；诗思精密格高秀，姜白石可跻南宋一流。江湖鱼小，"永嘉四灵"结伴行；诗宗贾、姚，苦吟相尚五律精。江湖诗人号石屏，苦吟不露斧凿形。转益多师个性存，宋末诗宗数后村。严羽诗篇法盛唐，"妙悟"诗论流韵长。文天祥大节孤忠，《正气歌》浑灝流转正气昂；汪元量感慨万端，《湖州歌》史笔诗情祭宋亡。

金元之际，诗文不济，然仍有名家，薪火传递。元好问鹤立鸡群，冠绝一时；卅绝句平章月旦，以诗论诗。宋裔仕元何痛楚，孟頫锥心诉悲苦。语劲气豪有仲弘，七律见长境恢宏。"汉廷老吏"字伯生，七古高浑意纵横。"五字长城"谥文安，伟然卓立天历间。虎卧龙跳，雁门才子萨都剌言情最风流；沉沦绮藻，铁笛道人杨维桢主盟册春秋。

感时咏怀，独标高格，刘基明初占鳌头；天赋高逸，兼师博采，高启诗才第一流；比肩孟、杜，似入神境，杨基名成《岳阳楼》；体物深细，情景交融，袁凯尤擅诉乡愁。唯求典雅，不思出新，"三杨"之"台阁"，步宋初"西昆体"之旧尘；力主言情，高倡宗唐，东阳之"茶陵"，成"七子"复古派之桥梁。祝允明，尤重情，追慕唐音，直抒胸臆多不平。唐伯虎，无碍牵，风流倜傥，赏心乐事织佳篇。文徵明，撷诸英，格雅趣幽，兼收并蓄卓有成。同为前七子领袖，梦阳诗气势雄壮，景明诗风格朗秀。皆倡言诗必盛唐，前者"非是者弗道"，后者能兼学苏、黄。后七子继前七子，复古志在扫浅庸：首执牛耳是谢榛，气逸调高继唐踪；七绝有神难觅迹，语近情深数攀龙；律绝高华兼典丽，世贞诗才当称雄。仕途偃蹇，落寞吴承恩辞微旨博，诗以消遣；寂寞一生，倔强徐文长我行我素，直抒性情。粪里嚼渣讥复古，公安袁宏道独抒性灵；幽深孤峭忌粗率，竟陵钟伯敬属意美形；艳体千首云雨思，金坛王次回畅言爱情。华美瑰丽，豪迈深沉，陈子龙堪称明诗之伟殿军；壮语奇思，浪漫天真，夏完淳洵为最小之大诗人。

诗至清朝，又起高潮。钱谦益主盟诗坛，流丽浑融，七律学杜尤精工。吴伟业以诗存史，擅长铺排，鸿篇叙事声誉隆。南施北宋，一时之雄。宋玉叔悲愤激宕，奔放拟放翁；施闰章温婉笃厚，多有王、孟风。南朱北王，抑宋宗唐。朱彝尊《湖棹歌》百首咏乡，《马草行》最是难忘；王士禛"神韵说"纵横天下，七言律清韵悠长。风霜之气，松柏之质，炎武诗沉郁语苍凉；复国之志，乡关之思，大均诗壮词诉衷肠。查慎行宋派领袖，丽藻络绎，绵至之思时罕俦；赵执信思路劖刻，峭拔深沉，目盲口述死方休；沈德潜注重格调，温柔敦厚，《别裁》三种后世留。厉鹗一代风骚手，山水诗咏山水心；郑燮诗、书、画三绝，题竹诗冠盖古今。袁子才情商高人一头，性灵为诗潇洒风流。蒋士铨磊落语语心声，篇篇本色不离至情。赵瓯北任情五古最佳，词随思至超逸同侪。法古师贤为出新，凿锤雕琢黎简民；诗学李白擅七言，愤世孤高黄景仁。体恤民生，倜傥雄奇，文中骐骥宋芷湾；倚天拔地，沉郁空灵，天籁自鸣张船山。落第舒位，郁怒横逸，诗中多酸楚；状元陈沆，幽峭清苍，最擅寻常语。殷忧启圣，与时俱进，忧患诗起龚自珍；经世致用，诗笔当枪，魏源堪称第一人。王闿运熔铸古意，气韵雄沉，光宣诗坛列班首；黄遵宪诗眼向洋，矜奇善作，旧瓶自在装新酒。陈三立旧诗殿军，抗倭绝食，民族气节泣鬼神；谭嗣同矢志殉国，向壁题诗，去留肝胆两昆仑；秋竞雄浩然正气，慷慨抒怀，为正乾坤勇献身。

春风马蹄急，难尽长安花。挂一而漏万，固知学无涯。匆匆只一瞥，且以拙诗结：

先秦唐宋至明清，华夏文坛代有成。

大吕黄钟天地震，奇思妙构鬼神惊。

随缘信步游诗苑，趁兴观花撷落英。

扪烛扣槃君莫笑，蜻蜓点水亦关情。

目　录

以诗论诗——咏中华诗史绝句二百首

明（二十一首）·························169

跋语

先秦

（九首）

诗 经

国风雅颂四言句，
赋比兴成多叠章。
情动于中辞发外，
诗篇三百意何长。

　　《诗经》为中国第一部诗歌总集，为中国诗歌乃至全部文学之肇始，影响极其深广。其收录西周（前1046—前771）至春秋（前770—前476）中叶约五百年间诗篇三百零五首，另有六首有目无辞。《诗经》作者佚名，传为孔子编订，西周尹国国君尹吉甫曾参与采集。最初称为《诗》或《诗三百》，西汉武帝时因被尊为儒家经典，始有《诗经》之名。《毛诗序》以风、雅、颂、赋、比、兴为《诗经》之六义。前三者为音乐分类。郑樵云："风土之音（地方歌谣）曰风，朝廷之音（朝廷正乐）曰雅，宗庙之音（祭祀舞曲）曰颂。"（《通志·序》）后三者为表现方法，朱熹云："赋者，敷陈其事而直言之者也。""比者，以彼物比此物也。""兴者，先言他物以引起所咏之词也。"（均见《诗集传·卷一》）《诗经》言之有物，物中有情，句式则多为四言，结构多为叠章。

国 风

先人百态悉吟哦，
十五国风瑰宝多。
继往开来文学史，
源头活水是民歌。

　　《国风》之"风"意为土风、风谣。十五"国风"即采自十五个地方之民歌，其分布地域主要为今之陕西、山西、河南、河北、山东一带。《国风》共一百六十首，乃《诗经》之精华，杰作比比皆是，如《周南·关雎》《周南·桃夭》《魏风·伐檀》《魏风·硕鼠》《秦风·蒹葭》《卫风·木瓜》等等，皆为千古传诵之名篇。它们大多以重章叠句对某一主题反复咏唱，从各种角度描摹出时人生存及情感百态，诸如反映劳动、生活状况，歌咏爱情、友情、乡情，倾诉不满、怨怼、愤怒等等。《国风》为中国文学之源头活水，中国诗歌正由此出发，走向繁荣，走向辉煌。

雅

大小雅诗存正音，
周朝史事老臣心。
披荆斩棘先王业，
历久弥新传至今。

《雅》为周王朝畿内乐调，或云朝廷正乐。《毛诗序》云："雅者，正也，言王政之所由废兴也。政有小大，故有《小雅》焉，有《大雅》焉。"《大雅》三十一篇，多出自王室贵族老臣之手，多作于西周（前1046—前771）前期。而七十四篇《小雅》之作者，则有上层贵族、下层贵族以及并非贵族者；产生时期亦稍晚于《大雅》，作于西周后期者居多，亦间有东周（前770—前256）作品。《大雅》中有些作品具有史诗性质，如《生民》《公刘》等，对周朝历史，特别是先王筚路蓝缕创业之功多有记载，对王室政事、周民生活及思想感情亦多所反映，是后人了解周朝历史之重要依据。而《小雅》之《采薇》《鹿鸣》等名篇，至今仍然脍炙人口。

颂

颂德称功祭祖先，
载歌载舞庙堂前。
耕渔征伐皆须敬，
谋事在人成在天。

　　《颂》为周王室与贵族之宗庙祭祀舞曲。《毛诗序》
云："颂者，美圣德之形容，以其成功告于神明者也。"
大凡征伐、稼穑、渔猎等事，均须在宗庙举行祭祀仪
式，其内容为颂圣庆功、祭祖敬神，其形式为载歌载
舞。《颂》共四十篇，其中《周颂》（三十一篇）为西周
初年贵族所作，《鲁颂》（四篇）、《商颂》（五篇）则为
东周作品。《颂》对今人研究先民之历史、宗教、祭祀
等有重要价值。《清庙》《噫嘻》等为其中名篇。

楚　辞

诗史源头分两支，
楚辞浪漫吐情思。
瑰奇想象逸天外，
色彩斑斓多丽词。

《诗经》产生于中原，为写实文学之源头；《楚辞》
出现于楚地（今湖南、湖北一带），开浪漫文学之先河。
虽然西汉武帝时始有"楚辞"之名（见《史记·酷吏列
传》），西汉末年刘向始辑录编定十六卷本《楚辞》（今
日之通行本增加王逸《九思》一卷，为十七卷），然全
书则以战国时人屈原（约前340—前278）之作品为主。
《楚辞》"书楚语，作楚声，纪楚地，名楚物"（黄伯思
《东观余论》卷下《校订楚辞序》），地方特征鲜明而浓
厚。句式活泼多样，篇幅远较《诗经》为长，如代表作
《离骚》长达三百七十七句，二千四百七十六字。内容
上则以瑰奇之想象、艳丽之辞藻、奔放之感情著称。其
浪漫抒怀之创作方法，对后世之影响极其深广。

屈　原

直谏孤忠比干心，
蒙冤被逐苦行吟。
义无反顾洁身去，
懿德鸿篇耀古今。

　　屈原（约前340—前278），名平，字原，以字行世。战国时楚丹阳秭归（今湖北秭归县）人。屈原为中国第一位大诗人，厕身第一流诗人之列。其创立"楚辞"诗体，开创"香草美人"传统，开中国浪漫文学之先河。司马迁云"屈平正道直行，竭忠尽智以事其君"，却因"王听之不聪也，谗谄之蔽明"，故"信而见疑，忠而被谤"（均见《史记·屈原贾生列传》）。然屈原虽遭逐受贬仍心系祖国，上下求索，义无反顾，不改高洁之志，"虽九死其犹未悔"（《离骚》）。最终于悲愤绝望之际，自沉汨罗，从容赴死。身虽亡而魂不灭，其崇高人格与《离骚》等伟大诗篇震古烁今，永垂史册。

离　骚

抒情巨制耀千秋，

救国无门赤子忧。

比兴象征辞绚烂，

千回百转是牢愁。

《离骚》为大诗人屈原之代表作，全诗长达三百七十七句，二千四百七十六字，为古代最长抒情诗。《离骚》题意有多解，东汉王逸释为："离，别也；骚，愁也。"（《楚辞章句》）《离骚》以瑰奇之想象、迷离之幻境、绚烂之辞藻，借助比兴，运用象征，一唱三叹，表现出抒情主人公叹忠而被逐、哀民生多艰、恨救国无门之丰富情感。主人公热爱祖国、忠于理想、矢志不移之崇高精神，给后世文人以极大影响；其浪漫主义之表现手法，特别是比兴象征，亦为后世诗文所广泛继承。

九　章

辑录九篇成《九章》，
繁弦重管诉衷肠。
喜看《橘颂》开生面，
咏物喻怀为滥觞。

　　《九章》为《楚辞》中一组重要作品，共九篇。王逸认为皆屈原所作，其《楚辞章句》将九篇次序排为：《惜诵》《涉江》《哀郢》《抽思》《怀沙》《思美人》《惜往日》《橘颂》《悲回风》。有关《九章》题意，众说纷纭。朱熹认为《九章》乃"后人辑之，得其九章，合为一卷"（《楚辞集注》卷四）。至于创作之时间，朱熹认为"非必出于一时之言也"（出处同上）。它们多以感时抒怀为主，以繁弦重管抒发爱国忧民却壮志难伸因而愤懑怫郁幽怨之情，而《哀郢》《涉江》《怀沙》尤为后世传诵。唯《橘颂》一篇别开生面，咏物喻怀，开辞赋咏物明志一体之先河。

九　歌

屈子祭神编《九歌》，
群巫众鬼舞婀娜。
敬天敬地敬灵异，
盛典隆仪欢乐河。

　　《九歌》相传为夏人祭神时演唱表演之乐歌。屈原据以改编而成。王逸《楚辞章句》卷二云："昔楚国南郢之邑，沅湘之间，其俗信鬼而好祠，其祠必作歌乐鼓舞以乐诸神。屈原……出见俗人祭祀之礼，歌舞之乐，其词鄙陋。因为作《九歌》之曲，上陈事神之敬，下见己之冤结。"《九歌》根据所祭神灵不同分为十一篇，篇名为：《东皇太一》《云中君》《湘君》《湘夫人》《大司命》《少司命》《东君》《河伯》《山鬼》《国殇》《礼魂》。其中《国殇》用于祭奠战死之楚国英灵，写实成分略重。其余皆以缤纷彩笔描绘祭祀盛典，诗中巫、神、鬼共舞，心、灵、意相通，扑朔迷离，幻境纷呈，美不胜收。

汉

（三首）

汉乐府

继往开来汉乐府，
长于写实白描多。
杂言句式少羁绊，
喜怒悲欢自在歌。

　　"乐府"本为汉武帝始设官署之名，其职责主要为采集民间歌谣，配乐后供朝廷使用。"乐府"搜集整理之诗，当时称"歌诗"，魏晋始称"乐府"或"汉乐府"。汉乐府民歌继承《诗经》写实主义传统，反映社会万象；更加注重叙事，刻画上趋于细腻；句式上杂言与五言兼而有之，而以后者为主，为诗歌由杂言向五言发展之重要阶段。现存汉乐府以东汉作品为主，长篇五言诗《孔雀东南飞》为其巅峰之作。《孤儿行》《妇病行》等以杂言句式反映现实苦难，《上邪》等表达强烈爱情，《东门行》描写反抗行动，生动表现出当时百姓之喜怒悲欢，时代特色十分鲜明。

孔雀东南飞

古诗叙事本寻常，
可惜历来多短章。
巨制鸿篇洵罕见，
民歌史上永流芳。

中国叙事诗不发达，长篇叙事民歌则更少，而《孔雀东南飞》长达三百五十七句，一千七百八十五字，不仅堪称乐府诗中扛鼎之作，于整部诗史中亦为奇葩。其诗最早见于南朝陈徐陵（507—583）所编《玉台新咏》卷一，题为《古诗为焦仲卿妻作》。宋人郭茂倩以《焦仲卿妻》为题收入《乐府诗集·杂曲歌辞》，后世常以首句为篇名。该诗当为汉末建安年间原创，后世流传过程中多所增饰。诗篇主要描述焦仲卿、刘兰芝夫妇忠于爱情、被逼离婚后双双殉情之悲剧。故事繁简剪裁得当，人物刻画栩栩如生，诗歌语言流畅优美，实为诗苑中百代流芳之精品。

古诗十九首

惊心动魄字千金，
冠冕五言凌古今。
祸福无常乱世里，
人之觉醒以诗吟。

南朝梁萧统（501—531）选录十九首无名氏古诗编入《昭明文选》，《古诗十九首》由此而得名。一般认为它们作于东汉顺帝末至献帝前，约公元 140 年至 190 年之间。《古诗十九首》为乐府古诗文人化以及五言诗成熟之显著标志，思想与艺术水平皆冠绝一时。刘勰称其为"五言之冠冕"（《文心雕龙·明诗》）；钟嵘赞其"惊心动魄，可谓几乎一字千金"（《诗品》卷上）。它们将此前以表现外部世界为主之诗转向心灵展示，将生逢乱世、朝不保夕之作者对于人生意义之思考以及各种情思，以自然朴素之语言，生动真切之描写予以艺术再现，令古今读者读之朗朗上口，思之总有所悟，故能常读常新。

魏晋

（十一首）

曹　操

文韬武略腹经纶，
横槊赋诗情率真。
写实抒怀双拓境，
四言此后少高人。

曹操（155—220），字孟德，小名阿瞒，沛国谯县（今安徽亳州市）人，有《曹操集》。曹操为东汉末年大政治家、大诗人，其子曹丕建魏后，尊其为魏武帝。陈寿称其为"非常之人，超世之杰"（《三国志·魏书·武帝纪》），刘勰称其"以相王之尊，雅爱诗章"（《文心雕龙·时序》）。曹操为建安文学之杰出代表，诗文皆可观，诗之成就尤高，光耀诗史。其用《薤露行》《蒿里行》等古乐府题写时事，悲凉沉郁，开文人拟古乐府创作之先河，为五言诗开辟出新路径。《观沧海》《龟虽寿》《短歌行》等四言诗境界开阔，慷慨高歌，对《诗经》之四言诗体既是继承，又是发展。其后四言诗渐渐式微，故曹诗有"四言殿军"之美誉。

曹 丕

秋夜秋闺秋月凉，
燕歌二首吐忧伤。
倾情倾色倾声唱，
从此七言流韵长。

曹丕（187—226），字子桓，沛国谯县（今安徽亳州市）人，有《魏文帝集》。曹丕为三国时魏国开国皇帝，公元220年至226年在位。曹丕文武双全，善骑射，好击剑，博览古今经传，通晓诸子百家学说。自幼好文学，八岁即能文，诗、赋、文皆长，其《典论·论文》于文学批评史上影响甚巨。曹丕与其父曹操、弟曹植并称"三曹"，为建安文学之中坚。今存诗不多，但杂言、四言、五言、七言皆备，五言诗数量最多，而代表作《燕歌行》二首于诗史上意义尤大，为文人七言诗之滥觞。《燕歌行·其一》句句押韵，以回环往复之韵律描写秋夜中思妇相思之情，极其哀婉动人。

曹　植

才高八斗若天人，
侠骨柔肠慕洛神。
忧郁更添唯美色，
情兼雅怨冠群伦。

　　曹植（192—232），字子建，生前曾为陈王，去世后谥号"思"，故又称陈思王，沛国谯县（今安徽亳州市）人，有《曹子建集》。曹植天才纵逸，相传谢灵运曾云"天下才共一石，曹子建独占八斗"（李瀚《蒙求集注》卷引）。钟嵘《诗品》盛赞曹植诗"骨气奇高，词彩华茂，情兼雅怨，体被文质，粲溢今古，卓尔不群"（卷上）。曹植诗亦雅亦奇，唯美是求，五言诗成就最高，被钟嵘誉为"五言之冠冕"（同上），开辟文人诗之新境界。诗之外，诞生于公元222年的《洛神赋》以侠骨柔肠之主人公求爱于洛神而失败之描写，表现理想幻灭之命运，哀婉动人，亦为文苑奇葩。

蔡 琰

从来薄命是红颜，
何况生于乱世间。
《悲愤》《胡笳》诗作传，
哀情切切泪潸潸。

蔡琰，字文姬，生卒年不详，东汉陈留郡圉县（今河南杞县）人，东汉大文学家蔡邕（133—192）之女，博学有文才，擅音乐、书法。初嫁于卫仲道而夫亡，后值匈奴入侵，沦于南匈奴左贤王之手，在胡十二年，生二子。后被曹操用重金赎回。蔡琰感伤乱离，追怀心酸往事，作自传体《悲愤诗》二首与《胡笳十八拍》。《悲愤诗》其一为五言，长达一百零八句；其二为骚体，长三十八句。其诗饱蘸悲愤之情，将自己被掳入胡、饱受屈辱以及与二子生生别离之沉痛，一一再现，读来催人泪下。中国自传诗不多，女诗人自传诗则更罕见，故蔡琰诗作虽仅存三首，却名垂诗史。

建安风骨

建安风骨究何在？
王粲登楼感七哀。
直面人生凄苦状，
悲凉慷慨欲驰才。

　　建安（196—220）为东汉末年汉献帝刘协年号，"建安风骨"乃就此期文学之特征而言。曹操为建安时期最重要的人物，主宰朝政，领袖文坛。"三曹"（曹操、曹丕、曹植）、"七子"〔孔融（153—208，有《孔北海集》）、阮瑀（165—212，有《阮元瑜集》）、徐干（171—218，有《徐伟长集》）、王粲（177—217，有《王侍中集》）、陈琳（？—217，有《陈记室集》）、应玚（？—217，有《应德琏集》）、刘桢（？—217，有《刘公干集》）〕及女诗人蔡琰，为建安文学之主要作家。此时天下动荡，战祸连年，生灵涂炭，悲凉之雾遍及华林。同时，无序之下层社会需要治理，崩塌之上层建筑需要重建，又为慷慨之士提供登上政治舞台、建功立业之机会。江山不幸文学幸，反映现实苦难，抒发"人生之嗟"，表达政治抱负，意欲建功立业，遂成为上述作家们文学表现之基本内容。前二者悲凉，后二者慷慨，而悲凉慷慨正是建安风骨之根本特征。建安文学包括诗文，但诗之成就更大，影响更深。虽然"三曹"与"七子"并提，但前者创作实绩远超后者，"七子"中则以王粲为翘楚，其《登楼赋》《七哀诗》享有盛名。

正始之音

正始之音赖七贤，
风流倜傥喜谈玄。
诗文造境辟幽径，
旨趣遥深不易诠。

正始（240—249）为三国时魏废帝曹芳年号，"正始之音"本指正始年间以何晏、王弼为首之清谈玄学之风，为哲学史概念。后世则将以"竹林七贤"为代表之正始文学亦称作"正始之音"。竹林七贤指山涛（205—283）、阮籍（210—263）、刘伶（221—300）、嵇康（224—263）、向秀（约227—272）、王戎（234—305）、阮咸（阮籍之侄，生卒年不详）七位文人，其中阮籍、嵇康最为有名。此时政治环境十分险恶，文人动辄得咎，建安时期之政治抱负已转换为政治恐惧，"人生之嗟"发展为人生悲哀，避祸唯恐不及，全身即为目的。于是文人们逃避现实，以琴酒而自娱，以旷达相标榜，以谈玄为时尚。正始诗作遂与悲凉慷慨之建安风骨渐行渐远，诗意由明朗而变隐晦，表现由畅达而趋遥深，从内容到形式都呈现出与建安文学截然不同之风貌。

阮 籍

意深旨远《咏怀》诗，
欲说还休妙运思。
归趣难求君莫怪，
穷途恸哭乃伤时。

阮籍（210—263），字嗣宗，魏陈留尉氏（今河南尉氏县）人，曾任步兵校尉，故世称《阮步兵》，有《阮嗣宗集》。阮籍为"正始之音"之代表，"竹林七贤"之主将。其天赋异禀，好学不倦，有大胸怀："尝登广武，观楚汉战处，叹曰：'时无英雄，使竖子成名。'"（《晋书·阮籍传》）崇奉老庄，明哲保身，有大智慧：知世事不可为而不为。然其身逢险恶之世、才能不得施展，毕竟有大痛苦，故常作穷途之哭："时率意独驾，不由径路，车迹所穷，辄恸哭而反。"（《晋书·阮籍传》）故以《咏怀》八十二首，倾吐内心之苦闷、焦虑、纠结乃至悲愤。欲言而又不敢明言，于是大量运用比兴、象征、寄托、讽喻等手法。唯其如此，《咏怀》"厥旨渊放，归趣难求"（钟嵘《诗品》卷上），隐晦曲折，意深旨远。而运用五言大型组诗来吟咏怀抱、塑造形象，阮籍为第一人。后世诗人争相仿效，五言组诗遂成大观。至于其皇皇八十二首之"咏怀"巨制，则鲜有匹敌者也。

太康诗风

踵事增华起太康，
艳词丽句竞铺张。
陆潘引领诗风变，
由简入繁文采扬。

太康（280—289）为晋武帝司马炎年号，而太康诗风则泛指西晋（265—316）诗风。其代表人物有"三张二潘二陆一左"，即张载（生卒年不详，有《张孟阳集》）、张协（生卒年不详，有《张景阳集》）、张亢（生卒年不详）、潘岳（247—300，有《潘黄门集》）、潘尼（约250—约311，有《潘太常集》）、左思（约250—约305，有《左太冲集》）、陆机（261—303，有《陆士衡集》）、陆云（262—303，有《陆清河集》），而以潘岳、陆机、左思为代表。他们多以才华自负，以踵事增华相高，以"收百世之阙文，采千载之遗韵"（陆机《文赋》语）为务。故"繁缛"为太康诗风之最大特征，繁指表现繁复，缛指辞藻华美。具体而言，语言由素而艳，描写由简而繁，色泽由淡而浓。此"繁缛"之诗尝遭形式主义之讥，殊不知，由质朴变为华丽，再从华丽归于平易，乃文学发展之必然过程。所谓"踵其事而增华，变其本而加厉，物既有之，文亦宜然"（萧统《昭明文选·序》）。西晋之后，南朝山水诗之勃兴，对声律、对仗之重视，皆与之有关。故陆、潘等太康诗人对诗歌发展之贡献，不应低估。

左 思

洛阳纸贵《三都赋》，
拔萃覃思《咏史》篇。
郁郁青松高百尺，
沉沦涧底只徒然。

左思（约250—约305），字太冲，西晋齐国临淄（今山东淄博市）人，有《左太冲集》。左思虽仅存诗十五首、赋二篇，却于西晋文学家中声名最著。刘勰云："左思奇才，业深覃思，尽锐于《三都》，拔萃于《咏史》。"（《文心雕龙·才略》）《晋书·文苑·左思传》称：左思《三都赋》一出，"豪贵之家，竞相传写，洛阳为之纸贵"。而其《咏史》诗八首，打破班固以来一诗咏一事之"咏史诗"传统，不仅错综史实，融汇古今，而且"咏古人而己之性情俱见"（沈德潜《古诗源》卷七），在咏史诗发展史上具重要意义。钟嵘将左思诗列为上品，并赞其"颇为精切，得讽喻之致"（《诗品》卷上）。左思《咏史·其二》创造之"涧底松"形象，已成为怀才不遇之象征。

陶渊明

其一

性爱丘山欣忘情，

归耕南亩鄙公卿。

任真自得远车马，

隐逸之宗岂枉名？

其二

壶中屡醉赋诗多，

月下荷锄常放歌。

开辟五言新境界，

质而绮丽脱陈窠。

　　陶渊明（约365—427），名潜，字元亮，东晋浔阳柴桑（今江西九江市）人，有《陶渊明集》。萧统《陶渊明传》称："渊明少有高趣，博学，善属文；颖脱不群，任真自得。"曾因"不能为五斗米折腰"而辞去彭泽令，归耕南亩。称自己"结庐在人境，而无车马喧"，故能"采菊东篱下，悠然见南山"（《饮酒·其五》）。其不恋官场、鄙薄公卿、陶然于田园生活之思想与实践，对中国文人性格有深远影响。陶渊明种稻粱，性嗜酒，乃第一位大量写作田园诗、饮酒诗之诗人。"其诗质而实绮，癯而实腴"（苏轼《与苏辙书》语），为五言诗开辟新境界，从而跻身于第一流诗人之列，在中国诗史上具有崇高地位。钟嵘赞其为"古今隐逸诗人之宗"（《诗品》卷中），洵为不刊之论。

南北朝

（九首）

谢灵运

登峰常著谢公屐，
吐语天成山水诗。
初发芙蓉清且丽，
戛然独造做宗师。

　　谢灵运（385—433），名公义，字灵运，以字行，南朝宋会稽始宁（今浙江嵊州市）人，东晋名将谢玄之孙，世袭为康乐公，有《谢康乐集》。谢灵运酷爱自然山水，《宋书·谢灵运传》说其"寻山陟岭"时，"登蹑常著木屐，上山则去前齿，下山去其后齿"。后人遂以"谢公屐"称之。谢灵运今存诗一百余首，数量接近陶渊明。陶为田园诗鼻祖，谢为山水诗宗师。谢之前，诗中亦有山水景色，然而只是陪衬、配角，谢灵运则将山水景色作为诗之主体，以自然鲜丽之语模山范水，名垂诗史。鲍照评其五言"如初发芙蓉，自然可爱"（《南史·颜延之传》引）。南朝梁简文帝萧纲亦赞其诗"吐言天拔，出于自然"（《与湘东王书》）。唐诗僧皎然认为其诗"上蹑风骚，下超魏晋"（《诗式》卷一）。

鲍 照

异军突起越时贤，
俊逸雄奇乐府篇。
上挽曹刘绍逸步，
下开李杜着先鞭。

鲍照（约414—466），字明远，南朝宋东海郡（今山东兰陵县）人，有《鲍参军集》。鲍诗艺术风格俊逸豪放，奇矫凌厉，向上直承建安传统，向下则为唐代李、杜等开启法门，故明代诗评家胡应麟称其诗"上挽曹、刘之逸步，下开李、杜之先鞭"（《诗薮·外编》卷二）。在诗歌体裁上，鲍照于乐府诗尤其用力，在今存二百余首诗中，乐府诗有八十余首，占五分之二，其中《拟行路难》十八首最负盛名。沈德潜评道："明远乐府，如五丁凿山，开人世所未有。后太白往往效之。"（《古诗源》卷十一）钟嵘则总赞其诗曰："总四家（指张载、张华、谢灵运、颜延之）而擅美，跨两代而孤出。"（《诗品》卷中）

沈　约

妙遣四声防八病，
推敲格律定雏形。
于诗功在永明体，
从此新瓶共旧瓶。

沈约（441—513），字休文，南朝吴兴武康（今浙江德清县）人，有《沈隐侯集》。沈约历仕宋、齐、梁三朝，诗文则主要写于齐、梁。钟嵘《诗品》将沈约诗定为中品，认为其"五言最优"，艺术上则"长于清怨"（卷中）。"清怨"即凄清幽怨，此特色贯穿于其山水诗、离别诗、悼亡诗、述怀诗中。沈约对诗歌发展之贡献更体现在音韵学说方面，所撰《四声谱》根据汉语语音特点，将诗韵分为平（三十韵）、上（二十九韵）、去（三十韵）、入（十七韵）四类，并与谢朓、王融、范云等人一起，创建"永明体"，提出作诗应避免平头、上尾、蜂腰、鹤膝、大韵、小韵、旁纽、正纽共八种声病。此"四声八病"说遂成为近体诗格律之基础，对近体诗之形成贡献极大。

以诗论诗——咏中华诗史绝句二百首

谢　朓

宣城山水更清新，
格律趋严对偶频。
佳句完篇在在是，
青莲低首岂无因？

　　谢朓（464—499），字玄晖，南朝齐陈郡阳夏（今
河南太康县）人，因曾任宣城太守，又称谢宣城，有
《谢宣城集》。谢朓于诗史上贡献有二：一则推动山水诗
发展。山水诗宗师为谢灵运，可其诗虽多佳句，却鲜有
完篇，每每将景色归纳入玄理，稍煞风景。谢朓之山水
诗描写自然景物更加清新自然、生动活泼，并将玄理尾
巴割除殆尽，可谓既多佳句，亦多完篇。二则与沈约、
王融等共创"永明体"理论。"永明体"根据汉语平仄
特点，提出"八病"之说，追求声韵之美；而谢朓之诗
讲究声律之外，还频繁使用工整之对偶句，奏响近体诗
之序曲。谢朓诗对后代影响甚大，李白尤其服膺谢朓，
清代王士禛甚至认为青莲"一生低首谢宣城"（《戏仿元
遗山论诗绝句三十二首·其三》）。

庾 信

初由宫体享诗名，
情艳词秾属对精。
北国羁留格调变，
凌云健笔意纵横。

庾信（513—581），字子山，南阳新野（今河南新野县）人，有《庾子山集》。庾信仕宦与文学生涯，以四十二岁时出使西魏为界，可分为南朝、北朝两期。南朝时为梁朝高官，其所作宫体诗情艳词秾，隽语妙对，堪称当时宫体诗之冠冕。北朝时期则先后官至西魏、北周开府仪同三司，文坛上亦被尊为宗师，可谓风光无限，可其内心故国之思、负国之愧、身世之悲却日日郁积，因而诗风大变，多以哀怨之词抒发乡关之思，笔调苍劲，诗风沉郁。杜甫诗云"庾信平生最萧瑟，暮年诗赋动江关"（《咏怀古迹·其一》），"庾信文章老更成，凌云健笔意纵横"（《戏为六绝句·其一》）。刘熙载《艺概·诗概》云："庾子山《燕歌行》开初唐七古，《乌夜啼》开唐七律，其他体为唐五绝、五排所本者，尤不可胜举。"

北朝民歌

好色男儿更好刀，

难归老女放声号。

风吹草偃牛羊见，

瀚海飙歌唱勇豪。

　　北朝（386—581）为北方五朝之总称，包括北魏、东魏、西魏、北齐与北周，均为少数民族政权。故北朝民歌原作多为鲜卑语等少数民族语言，后被译成汉语。北朝民歌现存六十余首，大多收录于北宋郭茂倩（1041—1099）所编《乐府诗集》之《横吹曲辞·梁鼓角横吹曲》中。根据乐曲名称上所冠"梁"字，可知它们大约为梁朝乐府机关所采录并译成汉语。北朝民歌鲜明展现出北国风光，生动反映出北方少数民族之生活状况、思想感情、求爱方式，均与汉族有显著区别。健儿爱刀，胜过好色，比如《琅琊王歌辞》云："新买五尺刀，悬著中梁柱。一日三摩挲，剧于十五女。"老女不嫁，则直号其悲，比如《地驱歌乐辞》云："驱羊入谷，白羊在前。老女不嫁，踏地唤天。"质朴刚健、粗犷豪放为北朝民歌风格特点，句式上以五言四句为主，亦有七言四句及杂言体。以《木兰辞》与《敕勒歌》最为有名。

木兰辞

长诗叙事塑奇人，
飒爽英姿若女神。
审美何须问出处，
花开千载色犹新。

《木兰辞》乃北朝民歌中一朵千年不败之奇葩，于诗史上有崇高地位。其上与《孔雀东南飞》齐名，称为"乐府双璧"；旁与南朝民歌《西洲曲》比肩，称作"南北双姝"。《木兰辞》为长篇叙事诗，以五言为主，长达六十二句。诗篇讲述女扮男装之木兰替父从军，征战十二载建功回朝后，辞官回家团聚之传奇故事，传神表现出木兰善良勇敢豪迈而又质朴单纯可爱之性格。诗篇广泛运用人物问答、铺陈排比、对偶、互文等表现手法以展开故事、刻画人物，生动而细致。明代诗论家胡应麟认为《木兰诗》并非北朝民歌，而"是晋人拟古乐府，故高者上逼汉、魏，平者下兆齐、梁"（《诗薮·内编》卷三）。木兰姓花，至于其本事，众说纷纭，史书并无确载。

南朝民歌

妩媚天真笑语盈，
怀春少女最多情。
金风玉露相逢处，
唯恨雄鸡报晓鸣。

南朝（420—580）包括宋、齐、梁、陈四朝，但南朝民歌却可上溯至三国时吴国（229—280）。南朝民歌大部分保存在（宋）郭茂倩所编《乐府诗集·清商曲辞》里，分为《吴歌》与《西曲歌》两类。前者今存三百四十余首，因产生于吴地而得名；后者今存一百三十余首，因产生于江汉流域之荆、郢、樊、邓等西部城市而得名。南朝民歌主要表现男女爱恋情事，大多取女性视角，女主人公们追求欢愉，不受伦理约束，故言行率性大胆。比如《读曲歌》云："打杀长鸣鸡，弹去乌臼鸟。愿得连暝不复曙，一年都一晓。"语言则清新明快，天然无雕饰，并多用双关隐语。形式上大多为五言四句，代表作《西洲曲》共三十二句，但四句一转韵，亦可视作八首五言四句之联章。

西洲曲

情郎一别恨悠悠，

少女从春盼到秋。

心上眉头拂不去，

相思最苦是离愁。

《西洲曲》为南朝乐府民歌代表作，最早著录于徐陵（507—583）所编《玉台新咏》，北宋郭茂倩《乐府诗集》将其收录于《杂曲歌辞》。南朝乐府民歌一般五言四句，篇幅短小，可此诗长达三十二句，堪称抒情长篇。其四句一转韵，妙用顶针之接字法，蝉联成篇。诗篇以描写少女相思为主题，以回忆昔日一时欢聚之美好，来表现别后久久相思之离愁。而抽象之离愁，则通过少女细腻之动作以及所见之景物，一一展现开来，具体入微，鲜明如见，生动表现出相思之情如影随形，"才下眉头，却上心头"之特质。清代诗评家沈德潜评道："续续相生，连蹀接萼，摇曳无穷，情味愈出。"（《古诗源》卷一二）唐代张若虚《春江花月夜》三十六句，亦是四句一转韵，结构与之完全相同，或受其启发而来。

隋唐

（六十二首）

薛道衡

空斋坐卧极潜心，
每作南人无不吟。
闺怨思乡边塞曲，
承先启后孕唐音。

薛道衡（540—609），字玄卿，河东汾阴（今山西万荣县）人，有《薛司隶集》。薛道衡历仕北齐、北周，隋朝时任内史侍郎，加开府仪同三司。其为先唐最后一位大诗人，为文为诗以潜心专注著称。《隋书·薛道衡传》记其逸事曰："道衡每至构文，必隐坐空斋，蹋壁而卧，闻户外有人便怒，其沉思如此。"同传并云："道衡每有所作，南人无不吟诵焉。"当时南朝文学水准要高于北朝，可薛诗却备受南方推崇，其成就之高、影响之大可以想见。其以《从军行》为代表之边塞诗、以《昔昔盐》为代表之闺怨诗、以《人日思归》为代表之思乡诗皆为杰作，可视作唐音之先声。

寒　山

亦僧亦俗隐岩间，
信口随缘吟空闲。
工率庄谐多白话，
自成一体曰寒山。

　　寒山，生卒年、本名、字均不详，或云其活跃于唐初贞观（627—649）时期，长安（今陕西西安市）人。三十岁后隐居于浙东天台山寒岩，故以"寒山子"为号，通称寒山，有《寒山子诗集》。《全唐诗》录其诗一卷。寒山生平富于传奇色彩，据说曾在天台山国清寺做过厨僧。其诗可分为世俗诗与禅理诗两大类，表达上则多用白话，《四库全书总目》卷一四九"寒山子诗集"条称其创出"寒山体"："有工语，有率语，有庄语，有谐语。"世俗诗包括讥世刺俗、抒写怀抱、歌咏隐逸等丰富内容，而以讥世诗最享盛名，嬉笑怒嗔，多有好诗。禅理诗包括劝诫诗与禅趣诗，"大抵佛语、菩萨语""信手拈弄""机趣横溢"（出处同上）。

初唐四杰

卢骆歌行意气昂，
王杨五律调铿锵。
革新宫体华靡习，
引领诗风入盛唐。

"初唐四杰"指唐初文学家王勃、杨炯、卢照邻、
骆宾王。四杰之得名，本因其骈文和赋之成就而来，但
后来论四杰之文学成就与影响，主要指其诗。四杰之诗
上承梁陈、下启沈宋，对题材之开拓、诗境之提升、五
律之定型、七古之发展皆有重要贡献，有引领诗风走向
盛唐之重要意义。就诗体而言，王、杨长于五律，音调
铿锵；卢、骆长于歌行，擅长铺叙。四杰中王勃年齿最
小，年寿最短，却名声最大。明人陆时雍《诗镜总论》
概括四杰风格云："王勃高华，杨炯雄厚，照邻清藻，宾
王坦易，子安其最杰乎？调入初唐，时带六朝景色。"

卢照邻

《长安古意》纵横才，
　势若江河滚滚来。
　凤吐流苏意境迥，
　初唐或夺七言魁。

　卢照邻（约635—约686），字升之，号幽忧子，幽州范阳（今河北涿州市）人，有《卢升之集》。《全唐诗》录其诗二卷。卢照邻为"初唐四杰"之一，于诗擅长七言歌行，铺张扬厉，意境清迥，对七古之发展有卓著贡献。代表作《长安古意》长达六十八句，浩浩荡荡，以纵横之气、铺陈之笔，托古意而写今情，描写帝都官宦人家、市井妓女之情态，寄寓好景难久、人生无常之感慨。其中"得成比目何辞死，愿作鸳鸯不羡仙"更被誉为千古名句。

骆宾王

宾王得意是歌行，
享誉初唐因《帝京》。
缀锦穿珠何壮丽，
诗坛久久响回声。

骆宾王（约 640—684），字观光，婺州义乌（今浙江义乌市）人，有《骆临海集》。《全唐诗》录其诗三卷。骆宾王为"初唐四杰"之一，五绝、五律皆不乏名篇，边塞诗亦有杰作，《帝京篇》最负盛名。全诗长达九十八句，缀锦穿珠，辞藻富赡，以描绘帝都之胜状开篇，继写王侯之豪奢、市井之万象、官场之争斗，最后以抒发自己怀才不遇之苦闷作结，颂世与讽时、伤人与自伤兼而有之。形式上以五言为主，间有七言、四言、三言，转换腾挪，颇有赋体之风，但读来似不及卢照邻之《长安古意》流畅上口。《帝京篇》与《长安古意》对唐以后长篇歌行之繁荣有开山之功。

王 勃

龙门鲤跳出神童，
天妒英才惜命穷。
五律高华或独步，
天涯海内冠时雄。

王勃（约650—676），字子安，绛州龙门（今山西河津市）人，有《王子安集》。《全唐诗》录其诗二卷。王勃为"初唐四杰"之首，以神童著称，16岁时即被沛王李贤征为王府侍读。可惜天妒英才，26岁时渡海溺水，惊悸而死。《旧唐书·文苑上·王勃传》称其"六岁解属文，构思无滞，词情英迈"。骈赋《滕王阁序》通篇用典，读来却金声玉振，朗朗上口，足见其不世之才情。其人恃才傲物却又崇尚儒风，其诗大多为五律与五绝，尤长于五律，堪称独步一时。陆时雍《诗镜总论》称"王勃高华"，当主要就其五律而言。送别诗《送杜少府之任蜀州》《江亭夜月送别》二首五律尤享盛名，前诗之"海内存知己，天涯若比邻"

一联传诵千古，妇孺皆知。此外，《羁春》等思乡诗、《郊兴》等风景诗亦不同凡响，代表当时同类题材诗之最高水平。

杨　炯

灿然明快境浑雄，
五律初唐占要冲。
烽火牙璋边塞体，
绝尘一骑做先锋。

　　杨炯（650—约693），因曾任盈川县令，故称杨盈川，华州华阴（今陕西华阴市）人，有《盈川集》。《全唐诗》录其诗一卷。杨炯为"初唐四杰"之一，与王勃、卢照邻、骆宾王齐名，但其自称"耻在王后，愧在卢（照邻）前"（《旧唐书·文苑上·杨炯传》）。杨炯诗皆为五言，其五律对仗工整，格律谨严，而又往往兼有乐府诗明快之长。以描写擎牙璋、跨铁骑征战沙场之边塞诗最为有名，气势夺人，诗风豪快，意境雄浑，开唐代边塞诗之先河，代表作有《从军行》《出塞》《战城南》等。明代诗评家胡应麟谓"盈川近体，虽神俊输王，而整肃浑雄。究其体裁，实为正始"（《诗薮·内编》卷四）。

刘希夷

延之最擅是歌行，
一曲《白头》遐迩名。
富贵无常人易老，
花开花落总伤情。

刘希夷（651—约679），字庭芝，汝州（今河南省
汝州市）人，有《刘庭芝集》。《全唐诗》录其诗一卷。
刘希夷善弹琵琶，其诗以歌行见长，多写从军、闺情，
尤其是后者，流丽宛转，哀婉动人。其代表作《代悲白
头翁》（一名《代悲白头吟》）虽袭用汉乐府相和歌《白
头吟》旧题，但内容、形式已完全不同。此诗前半写
青春女子之红颜易逝，后半写老翁之白头衰颓，以表现
人生苦短、富贵无常之感慨。诗中夹议，多用对比、对
偶、用典等手法，且警句迭出，可谓集汉魏、六朝乐
府、齐梁体、初唐歌行之长于一身。其中"年年岁岁花
相似，岁岁年年人不同"一联已成为千古传唱之名句。

宋之问

早年酬唱在宫廷，
约句准篇诗律精。
晚岁谪迁南岭外，
悲酸满纸见真情。

宋之问（约656—712），一名少连，字延清，虢州弘农（今河南灵宝市）人，有《宋之问集》。《全唐诗》录其诗三卷。宋之问于诗史之贡献主要在律诗格律方面，使格律诗法更趋细密，在完善五律诗体之同时，又尝试创出七律新诗体。《新唐书·文艺中·宋之问传》云："魏建安后迄江左，诗律屡变。至沈约、庾信，以音韵相婉附，属对精密。及之问、沈佺期，又加靡丽，回忌声病，约句准篇，如锦绣成文。学者宗之，号为'沈宋'。"至于其诗内容，则以晚岁因罪被贬泷州（今广东罗定市）为界，前期为宫廷侍臣，虽工诗，却多为酬唱应制之作。后期诗风一变，悲酸满纸，真情动人，如《渡汉江》云："岭外音书断，经冬复历春。近乡情更怯，不敢问来人。"

陈子昂

兴寄遥深感意长，
幽州台上诉悲凉。
与时俱进纠时弊，
一扫靡风迎盛唐。

陈子昂（659—700），字伯玉，因曾任右拾遗，故又称陈拾遗，梓州射洪（今四川射洪市）人，有《陈拾遗集》。《全唐诗》录其诗二卷。代表作有《感遇诗三十八首》《蓟丘览古赠卢居士藏用七首》及《登幽州台歌》等。陈子昂论诗提倡"兴寄"，主张"风骨"。其诗风骨峥嵘，兴寄遥深，为盛唐气象之前驱，对张九龄、李白、杜甫等有直接影响。杜甫有诗云："终古立忠义，《感遇》有遗编。"（《陈拾遗故宅》）刘克庄高度概括其于诗史之意义云："唐初王、杨、沈、宋擅名，然不脱齐梁之体。独陈拾遗首倡高雅冲淡之音，一扫六代之纤弱。"（《后村诗话·前集》卷一）

张若虚

春江夜色莽苍苍，
花好月圆人感伤。
诗贵在精非在夥，
孤篇横绝压全唐。

张若虚，大约出生于初唐（660—720）时，扬州（今江苏扬州市）人。中宗神龙（705—707）中，与贺知章、张旭、包融以文词俊秀驰名于京都，并称"吴中四士"。张诗在《全唐诗》中仅存《代答闺梦还》与《春江花月夜》二首。后者三十六句，四句一换韵，以清丽之笔，描绘春江花月夜之美景，兼抒游子思妇月夜之离情别绪。其不同凡响之处在于极富青春浪漫色彩，意境开阔空明，为初唐歌行所仅见，故自宋人郭茂倩收入《乐府诗集》卷四七后，张若虚之大家地位便一举奠定。清诗家王闿运认为其"孤篇横绝，竟为大家"（《湘绮楼诗文集·论唐诗诸家源流答陈完夫问》）。

张九龄

坐镇诗坛名相威，
五言绮丽媲玄晖。
宛如海上生明月，
地角天涯沐玉辉。

张九龄（678—740），字子寿，韶州曲江（今广东省韶关市）人，世称"张曲江"，有《曲江集》。《全唐诗》录其诗三卷。张九龄最擅五言，五古、五律佳作迭出，清丽振拔，思深力遒。杜甫称其诗有谢玄晖之绮丽："绮丽玄晖拥，箋诔任昉骋。"（《八哀诗·故右仆射相国张公九龄》）胡应麟则云："曲江诸作，含清拔于绮绘之中，寓神俊于庄严之内。"（《诗薮·内编》卷四）张九龄为开元年间名相，其政治地位与诗作成就相互作用，影响远非一般诗人所能及。其代表作《望月怀远》中有"海上生明月，天涯共此时"一联，其人其诗于当时正如海上明月，光耀诗坛，天下共仰。

王之涣

倜傥异才诗不多，
仅存六首盛名播。
关山明月伴羌笛，
易水寒风拔剑歌。

王之涣（688—742），字季凌，绛州（今山西新绛县）人。王之涣性格豪放不羁，常击剑悲歌，唐人靳能称其"慷慨有大略，倜傥有异才"（《王之涣墓志》，引自《隋唐五代墓志汇编》，天津古籍出版社）。其诗以描写塞外风光著称，"尝或歌从军，吟出塞，曒兮极关山明月之思，萧兮得易水寒风之声，传乎乐章，布在人口"（同上）。王之涣与王昌龄、高适齐名，三人曾留下"旗亭赌唱"之佳话。今虽仅存诗六首（《登鹳雀楼》一说为朱斌所作），但并不妨碍其在盛唐边塞诗人中占得重要一席，其《凉州词》有"绝句之最"之誉。

孟浩然

隐逸只缘官运穷，
田园山水五言宗。
清诗句句尽堪诵，
即景寄心天下从。

　　孟浩然（689—740），名浩，字浩然，号孟山人，以字行世，襄州襄阳（今湖北襄阳市）人，故又称孟襄阳，有《孟浩然集》。《全唐诗》录其诗二卷。孟浩然生当盛唐，早年有志用世，却仕途困穷，不得已隐逸而终。但塞翁失马，其于诗坛有大成，作为盛唐山水田园诗派开宗之人，影响十分深远。其诗多为五言短篇，多写山水田园、隐居逸兴以及羁旅行役。写法上不事雕饰，清新自然，其笔下之山水田园并非单纯复制景物之美，而是即景寄心，融进自我意绪，语言也愈加生动自然，显然比六朝之山水诗大进一步。故杜甫云："复忆襄阳孟浩然，清诗句句尽堪传。"（《解闷十二首·其六》）

王　维

其一

半官半隐善全身，

学道学禅离俗尘。

擅画擅诗长律吕，

开元天宝一高人。

其二

辋川别业雅栖身，

山水田园远浊尘。

一代宗师多绝唱，

诗中有画逸群伦。

王维（约692—761），字摩诘，号摩诘居士，河东蒲州（今山西运城市）人，曾任尚书右丞，故世称“王右丞”，有《王右丞集》。《全唐诗》录其诗四卷。王维半官半隐，悠游度日，思想上参禅、学道、慕庄子，艺术上兼擅诗、书、画、音乐。诗名尤高，有“诗佛”之

美誉。王维五律、五绝、七绝兼长，边塞诗、送别诗、
咏史诗皆不乏一流之作，而以田园山水诗成就最高，与
孟浩然并称"王孟"，为盛唐山水田园诗派之宗师，有
大量名篇传世。其最大艺术特征正如东坡所云"味摩诘
之诗，诗中有画"（《东坡题跋·书摩诘蓝田烟雨图》）。
其以画笔作诗，为唐诗开辟出空灵、淡远、幽静、唯美
之新境界。故唐诗选家殷璠激赏道："维诗词秀调雅，意
新理惬，在泉为珠，着壁成绘，一句一字，皆出常境。"
（《河岳英灵集》卷上）

王昌龄

龙标七绝或称王，

可与青莲争短长。

边塞歌吟尤隽永，

壮词豪放亦悲凉。

王昌龄（约694—约756），字少伯，因曾任江宁丞、龙标尉，故又称王江宁、王龙标，长安（今陕西西安市）人，有《王昌龄集》。《全唐诗》录其诗四卷。其诗体裁以五古、七绝为主，题材则以边塞、宫怨、离别为多。七绝数量达七十四首，几与初唐全部七绝（七十七首）持平，几占盛唐全部七绝（四百七十二首）六分之一，并且艺术水准不让诗仙李白。故明代诗家王世贞赞道："七言绝句，王江宁与太白争胜毫厘，俱是神品。"（《艺苑卮言》卷四）其边塞诗意境阔大，音调和谐，情感上则豪放与悲凉兼而有之，于边塞诗史上承"初唐四杰"而大加发展，旁引王维、高适、岑参而多所示范。盛唐边塞诗派之兴盛，王昌龄功莫大焉。

高 适

大漠穷秋闻鼓桴，

红旗白日远城孤。

众贤慷慨咏边塞，

浑朴老成看达夫。

　　高适（约700—765），字达夫，一字仲武，因曾任散骑常侍，故世称"高常侍"，渤海蓨县（今河北景县）人，有《高常侍集》。《全唐诗》录其诗四卷。高适为盛唐边塞诗派代表作家，与岑参并称"高岑"，又与王之涣、王昌龄、岑参合称"边塞四诗人"。高适为诗喜直抒胸臆，任情使气。体裁最擅七古，题材则多种多样，咏怀、伤世、悯民等均有佳作，而以边塞诗成就最高，《燕歌行》最为有名。读杜甫"高生跨鞍马，有似幽并儿"（《送高三十五书记》）之句，可知高适"大漠穷秋""孤城落日"之边塞景象描写，皆得自切身体验。高适诗对后世有广泛影响，清人翁方纲云："高之浑朴老成，亦杜陵之先鞭也。"（《石洲诗话》卷一）

李 白

其一

太白之诗天上来，
从心所欲任驰才。
酒酣兴发惊神鬼，
疑是仙人贬谪回。

其二

《将进酒》时杯莫停，
《梦游天姥》唱豪情。
铮铮傲骨凌云志，
化作黄钟大吕鸣。

其三

歌行乐府世倾心，
绝句天然成好音。
寓目动思情所至，
诗仙落笔即珠琛。

其四

仰天大笑诵青春，
千首诗篇力万钧。
盛世放歌光与影，
当仁不让代言人。

李白（701—762），字太白，号青莲居士，绵州昌隆（今四川江油市）人，有《李太白集》。《全唐诗》录其诗二十五卷。李白善剑嗜酒，豪放不羁，诗才天纵，孟棨《本事诗·高逸第三》记贺知章读其《蜀道难》诗，"读未尽，称叹者数四，号为谪仙"。杜甫称其"笔落惊风雨，诗成泣鬼神"（《寄李十二白二十韵》）。苏轼更激赏道："李太白、杜子美以英玮绝世之姿，凌跨百代，古今诗人尽废。"（《书黄子思诗集后》）后又被称作"诗仙"。李白七言歌行、乐府、绝句成就皆高，其《将进酒》《蜀道难》《梦游天姥吟留别》等七言歌行，任情随性，戛戛独造，句式变化多端，意象雄奇多姿。五绝、七绝清新自然，飘逸潇洒，余音不尽，皆臻至境。其诗之突出特点还在于：气韵流转生动，洋溢青春活力，主观色彩、自我意识十分强烈，同时亦不乏批判现实之作，乃盛唐时代之重要代言人。就艺术创造而言，想象、夸张、比喻、拟人、移情等表现手法均被李白用至极致。李白诗名极高，影响极大，以杜甫为首，同代及后代之著名诗人不受其人感召、不受其诗影响者鲜矣。

杜 甫

其一

语不惊人死不休，
一生只为好诗谋。
呕心沥血耽佳句，
尽善尽工谁可俦？

其二

艰难苦恨守儒行，
感世伤时闻鸟惊。
忧国忧民忧己运，
诗风沉郁复多情。

其三

美玉精金表里新，
承先启后更无伦。
诗坛代有大家出，
甫圣堪称第一人。

其四

律诗圆熟逸群伦，
五古巍峨更绝尘。
可惜时贤不识货，
盛唐喝彩竟无人！

　　杜甫（712—770），字子美，号少陵野老，因曾任拾遗、检校工部员外郎，故后世亦常以杜少陵、杜拾遗、杜工部称之，河南巩县（今河南巩义市）人，有《杜工部集》。《全唐诗》录其诗十八卷。杜甫在诗史上地位极为崇高，其人被称为"诗圣"，其诗被誉为"诗史"。杜甫一生不遇，身在江湖，却始终心在庙堂，其忧国忧民之情怀备受后人敬仰。而《自京赴奉先县咏怀五百字》《北征》《三吏》《三别》等名篇正是其心路历程之写照。"沉郁顿挫"（杜甫《进雕赋表》中评杨雄、枚乘辞赋语），则正可借以概括其风格。杜甫又称自己"为人性僻耽佳句，语不惊人死不休"（《江上值水如海势聊短述》），其诗语之美无人可及。杜诗对完善古诗体制贡献极大，其中五古、五律、七律成就最为突出。虽然诗史上"李杜"并称，但杜诗内容之博大精深、形式之完美精湛，则为李白所不及。诚如白居易所云："杜诗贯穿古今，覼缕格律，尽工尽善，又过于李焉。"（《与元九书》）杜甫对后世影响深广，但在生前却相当寂寞，少人喝彩。殷璠编选《河岳英灵集》收盛唐二十四位诗人二百三十四首诗，竟未收杜诗。陈师道《后山诗话》甚至断言道："唐人不学杜诗。"杜甫之不遇，岂仅在官场乎？

岑 参

情怀浪漫数岑参，
边塞诗篇多丽琛。
《白雪》《轮台》观《走马》，
峰回路转杳蹄音。

　　岑参（约 715—770），江陵（今湖北江陵市）人，因曾官嘉州刺史，故世称"岑嘉州"，有《岑嘉州集》。《全唐诗》录其诗四卷。岑参有两次从军边塞之经历，富于浪漫情怀，诗风雄奇瑰丽，尤擅七言歌行。诗歌题材涉及述志、赠答、山水、行旅等各方面，而以边塞诗最为出色，为盛唐边塞诗派代表诗人之一。岑参所作边塞诗数量达七十余首，为盛唐边塞诗人之最。《白雪歌送武判官归京》《轮台歌奉送封大夫出师西征》《走马川行奉送封大夫出师西征》为其三大杰作。其中"忽如一夜春风来，千树万树梨花开""山回路转不见君，雪上空留马行处"等，皆为千古名句。

元　结

直陈时弊诗似枪，
孔子不师师老庄。
《系乐府》开《新乐府》，
国桢独立盛中唐。

　　元结（约719—约772），字次山，号漫叟、聱叟、浪士、漫郎，汝州鲁山（今河南鲁山县）人，有《次山集》。《全唐诗》录其诗二卷。元结曾归隐商余山钻研道学有年，不师孔氏而心仪老庄之学。为诗则注重反映民生疾苦，揭露黑暗现实。其《春陵行》《贼退示官吏》《闵荒诗》《系乐府十二首》等力作，堪称元稹、白居易新乐府运动之先声。杜甫《同元使君春陵行》诗云"观乎春陵作，欻见俊哲情。复览贼退篇，结也实国桢"，对其赞赏有加。元结诗重质轻文，鄙薄声律，不事藻饰，故近体诗很少，大多为质朴厚重之五言古风。在声律愈磨愈细之中唐诗坛，独树一帜，可谓别样风景。

刘长卿

清夷雅畅五言雄，
自诩"长城"近体工。
大历诗人才子众，
风骚独领是刘公。

刘长卿（约726—约789），字文房，因曾官随州刺史，故又称刘随州，宣城（今安徽宣城市）人，有《刘随州集》。《全唐诗》录其诗五卷。唐代大历年间（766—779）今体诗盛行，刘长卿作为大历年间代表诗人，其成就要在所谓"大历十才子（李端、卢纶、吉中孚、韩翃、钱起、司空曙、苗发、崔峒、耿沛、夏侯审）"之上。其尤工五绝、五律，五言诗约占其诗十之七八。其对己诗颇为自负，尝"自以为五言长城"（语见《新唐书·隐逸传》）。明代诗评家顾麟对此深以为然："刘公雅畅清夷，中唐独步。表曰'五言长城'，允矣无愧。"（《批点唐音》）

戴叔伦

蓝田日暖玉生烟，
可望而难置睫前。
各体堪能五律最，
朦胧诗论启佳篇。

戴叔伦（732—789），字幼公（一作次公），润州金坛（今江苏常州市金坛区）人，有《戴叔伦集》，但集中伪作甚多。《全唐诗》录其诗二卷。戴叔伦为中唐诗坛重镇，其诗体裁形式多样，五言、七言，古体与近体，皆有佳作，尤以五律见长。其诗多表现隐逸生活之闲情逸致，但也不乏反映民生疾苦之作。较之诗作，戴叔伦之诗论影响更大，其最早提出"朦胧美"学说，认为"诗家之景，如蓝田日暖，良玉生烟，可望而不可置于眉睫之前也"（司空图《司空表圣文集》卷三《与极浦书》引）。此说对丰富中国诗歌美学甚有贡献，对唐之李商隐以及清代神韵派、性灵派均有明显影响。

韦应物

田园山水孟王风，
五古神追陶令公。
邑有流亡愧俸禄，
爱民勤政一诗雄。

　　韦应物（约737—约792），因曾官苏州刺史，故世称"韦苏州"，长安（今陕西西安市）人，有《韦苏州集》。《全唐诗》录其诗十卷。韦应物任地方官约二十五年，勤勉劬劳，政声高隆。从其"身多疾病思田里，邑有流亡愧俸钱"（《寄李儋元锡》）句中，不难想见其勤政爱民、反躬自省之心迹。韦应物之山水诗成就很高，为中唐山水田园诗派代表诗人，后人每以"王孟韦柳"并称。白居易称"韦苏州歌行，才丽之外，颇近兴讽；其五言诗，又高雅闲淡"（《与元九书》）。《四库全书总目》卷一四九"韦苏州集"条认为其"五言古体源出于陶"。

李　益

铁马金戈边塞情，
中唐七绝最闻名。
胡尘阵阵朔风紧，
明月孤城芦管鸣。

　　李益（约748—约829），字君虞，陇西姑臧（今甘肃武威市）人，有《李益集》。《全唐诗》录其诗二卷。李益诗名甚大，《新唐书·文艺下·李益传》称其"每一篇成，乐工争以赂求取之，被声歌，供奉天子"。其七绝尤其精工，胡应麟评道："七言绝，开元之下，便当以李益为第一。"（《诗薮·内编》卷六）至于边塞诗，开元之下李益亦当为第一，《夜上受降城闻笛》《塞下曲》《听晓角》《从军北征》《边思》等边塞诗名篇不胜枚举。其情绪以感伤为主，不复有盛唐边塞诗气象，《夜上受降城闻笛》中"不知何处吹芦管，一夜征人尽望乡"两句，正是其情感基调之缩影。

孟 郊

苦心孤诣鬼神愁，
棘句钩章双泪流。
尚僻搜奇擅五古，
此身只合作诗囚。

　　孟郊（751—814），字东野，张籍私谥其为贞曜先
生，吴兴武康（今浙江德清）人，有《孟东野诗集》。
《全唐诗》录其诗十卷。孟郊最擅写五言古诗，为中唐
重要诗人。因其尚僻搜奇，避熟忌俗，与韩愈近，故
"韩孟"并举；又因其"钩章棘句"（韩愈《贞曜先生墓
志铭》语），精思苦吟，与贾岛近，故"郊岛"齐名。
东坡"郊寒岛瘦"（《祭柳子玉文》）之喻，已成为学界
共识。虽然孟郊中举后曾有过"春风得意马蹄疾，一日
看尽长安花"（《登科后》）之豪放，但大体可以穷愁潦
倒之苦吟诗人观之。故元好问之论最为形象："东野穷愁
死不休，高天厚地一诗囚。"（《论诗三十首·其十八》）

张　籍

烧纸吞灰固可疑，
平生最慕少陵思。
寻常口语却奇崛，
司业名成乐府诗。

　　张籍（约766—约830），字文昌，和州乌江（今安徽和县）人，因曾官水部员外郎、国子司业，故世称"张水部""张司业"，有《张司业集》。《全唐诗》录其诗五卷。张籍最工乐府诗，与王建齐名，并称"张王乐府"。其乐府诗善用口语，平易凝练，似易实难。故王安石赞之曰："看似寻常最奇崛，成如容易却艰辛。"（《题张司业诗》）而白居易甚至称其"尤工乐府诗，举代少其伦"（《读张籍古乐府》）。张籍虽为韩门弟子，却最心仪杜甫，《云仙散录》"杜诗烧灰"条所载张籍将杜诗烧灰而食，以求"改易肝肠"之举，固不可信，然其无限仰慕少陵则应有其实。

王　建

皇家风物细陈情，
百首《宫词》有定评。
乐府悯民伤世俗，
比肩司业并驰名。

王建（约768—约830），字仲初，颍川（今河南许昌市）人，因曾官陕州司马，故又称王司马，有《王司马集》。《全唐诗》录其诗六卷。王建工乐府，与张籍齐名，世称"张王乐府"。其中《田家行》《水夫谣》《羽林行》《射虎行》等皆为伤时哀民之名作。与乐府诗相比，王建之《宫词一百首》于诗史意义更大，传播更广。其以白描诗笔，突破宫词仅写宫怨之藩篱，广泛涉猎宫禁中各色人等、各种行事，"多言唐宫禁中事，皆史传小说所不载者"（欧阳修《六一诗话》）。魏庆之《诗人玉屑》卷一六"旧跋"条引《唐王建宫词旧跋》称王建宫词："天下传播，效此体者虽有数家，而建为之祖耳。"

韩　愈

其一

扬厉铺张尚险奇，
纵横驰逐意随之。
掀雷抉电奔腾急，
赋笔驱才好僻词。

其二

状物奇雄如大河，
写生清丽月舒波。
山红涧碧缤纷色，
目接耳闻成画歌。

　　韩愈（768—824），字退之，因自称"郡望昌黎"，
故世称"韩昌黎""昌黎先生"，河阳（今河南孟州市）
人，有《韩昌黎集》。《全唐诗》录其诗十卷。韩愈为文
宗，亦为诗豪，其摹状写景，如画如歌，留下许多名
句。如《八月十五夜赠张功曹》写中秋夜色："纤云四卷

天无河，清风吹空月舒波。"《早春呈水部张十八员外二首·其一》写早春皇都："天街小雨润如酥，草色遥看近却无。"《山石》写山中景色："山红涧碧纷烂漫，时见松枥皆十围。"但最能表现韩诗风格者，则是其以文为诗、以赋为诗之长篇古体。如五古《南山诗》长达二百零四句，七古《石鼓歌》亦长六十六句，前者押去声宥韵，后者押下平声歌韵，皆并非宽韵。二诗竟能一韵到底，其遣词造句之才情殊难想象。它们掀雷抉电，扬厉铺张，以气势雄大、意象怪奇、用词生僻而著称于诗史。

薛　涛

花开花落总相思，
春鸟哀吟《春望词》。
一往情深姐弟恋，
换来百首薛笺诗。

　　薛涛（约 770—832），字洪度，长安（今陕西西安市）人，有《薛涛诗》。《全唐诗》录其诗一卷。薛涛为唐代传奇女诗人，美丽聪慧多情。四十二岁时，与时年三十一岁之监察御史元稹有过一场轰轰烈烈之姐弟恋。薛涛为之创制桃红色小笺——"薛涛笺"写诗寄情："长教碧玉藏深处，总向红笺写自随。"（薛涛《寄旧诗与元微之》）姐弟恋虽只留下苦果，但薛涛却因此写出大量优美情诗而享誉诗坛。它们大多为绝句，明白如话，却一往情深，又出于美女诗人之手，为诗史留下佳话。其代表作《春望词四首》中"欲问相思处，花开花落时"（《其一》）、"春愁正断绝，春鸟复哀吟"（《其二》）等名句千古传诵。

刘禹锡

沉舟侧畔朗声吟，
斗士襟怀赤子心。
绝句只言寓万景，
狂沙吹尽现真金。

刘禹锡（772—842），字梦得，洛阳（今河南洛阳市）人，有《刘宾客文集》。《全唐诗》录其诗十二卷。白居易曾云"彭城刘梦得，诗豪者也"，并绝赞其"沉舟侧畔千帆过，病树前头万木春"（《酬乐天扬州初逢席上见赠》颈联）云"真谓神妙矣，在在处处，应有灵物护持"（见《旧唐书·刘禹锡传》），其激赏至此。刘禹锡为人洒脱，慷慨任气，"平生多感慨"（《谒柱山会禅师》）。一生虽屡受贬谪而不改斗士本色："莫道谗言如浪深，莫言迁客似沙沉。千淘万漉虽辛苦，吹尽狂沙始到金。"（《浪淘沙词九首·其八》）诗风豪放，诗境疏朗，有李白遗风，为中唐所不多见。其诸体皆不乏好诗，而七绝只言万景，成就最高。如《金陵五题》《秋词》二首、《春词》《赏牡丹》《浪淘沙词九首》等，皆传诵至今，有口皆碑。

白居易

其一

其字其人皆乐天，
中唐屈指一诗仙。
妇孺能唱《琵琶》曲，
《源氏》或缘《长恨》篇。

其二

歌诗合为事而作，
热血仁心思解悬。
新乐府开新气象，
放言讽喻史无前。

其三

现存诗作近三千，
精致当推闲适篇。
元白酬吟数百首，
死生契阔谊空前。

　　白居易（772—846），字乐天，号香山居士，又号醉吟先生，郑州新郑（今河南新郑市）人，有《白氏长庆集》。《全唐诗》录其诗三十九卷。白居易是中唐最大诗人，唐宣宗在《吊白居易》中尊其为"诗仙"。白居易将自选之近三千首诗分为讽喻、闲适、感伤、杂律四类。白居易与元稹共同倡导新乐府运动，主张"歌诗合为事而作"，其尖锐指陈弊政、深刻反映民瘼之《新乐府》五十首、《秦中吟》十首，即为讽喻诗代表作，其讽喻之深度、广度、烈度堪称前所未有。意在"独善"之闲适诗，"知足保和，吟玩性情"（《与元九书》），亦留下不少语言平易、意态悠闲、格律谨严之精品。而传诵最广者则为感伤类之《长恨歌》《琵琶行》，二诗风靡于当时，享誉于后世，为中国诗史上不可多得之鸿篇巨制。其诗在中国妇孺皆知，而日本《源氏物语》亦曾受到《长恨歌》之影响。其与元稹酬唱极多，两人之情谊成为一段佳话。

柳宗元

蓑笠孤舟钓雪翁，
不平之气寓诗中。
靖深温丽思沉郁，
索寞凄清悲运穷。

柳宗元（773—819），字子厚，河东（今山西永济市）人，世称"柳河东""河东先生"，因官终柳州刺史，又称"柳柳州"，有《柳河东集》。《全唐诗》录其诗四卷。存诗不多，但于诗史上却颇有地位，与王维、孟浩然、韦应物并称"王孟韦柳"。其诗各体皆工，律绝中名篇尤多。苏东坡对柳诗评价颇高，尤其欣赏其深沉蕴藉温丽之美，点评道："柳子厚诗在陶渊明下，韦苏州（应物）上。退之豪放奇险则过之，而温丽靖深不及也。"（《东坡题跋·评韩柳诗》）诗如其人，柳宗元既有"孤舟蓑笠翁，独钓寒江雪"（《江雪》）之孤高，亦时生"索寞竟何事，徘徊只自知"（《南涧中题》）之悲情。欧阳修曾感叹道："苦其危虑心，长使鸣心哀。"（《永州万石亭寄知永州王顾》）

元 稹

新题乐府领时侪，
心系黎元斥政乖。
孤凤悲鸣成绝唱，
离思和泪遣深衷。

　　元稹（779—831），字微之，河南（今河南洛阳）人，有《元氏长庆集》。《全唐诗》录其诗二十八卷。元稹与白居易为一生诗友，二人共倡新乐府运动，感时伤事，批判弊政，引领中唐现实主义诗潮，世称"元白"。其诗以乐府诗为大宗，多受张籍、王建、李绅之影响，成就颇高。清人钱良择认为："元、白绝唱，乐府歌行第一。"（《唐音审体》卷一五）其代表作有《和李校书新题乐府十二首并序》等，十九首"古题乐府"亦多意在讽喻。但元诗广为流传者却是那些情深意切之言情小诗，尤以悼亡诗为最。悼亡组诗《离思五首》与《遣悲怀三首》堪称悼亡诗之绝唱，其中"曾经沧海难为水，除却巫山不是云"（《离思·其四》）、"诚知此恨人人有，贫贱夫妻百事哀"（《遣悲怀·其二》）等已成为千古名句。

贾　岛

荣辱穷通身外抛，
十年一剑苦推敲。
以勤补拙磨精品，
传世好诗须慢煲。

　　贾岛（779—843），字阆仙，幽州范阳（今河北涿州市）人，有《长江集》。《全唐诗》录其诗四卷。贾岛早年曾出家为僧，还俗后对荣辱穷通之经济仕途亦不热衷，唯喜苦吟作诗。《唐才子传》称其"虽行坐寝食，苦吟不辍"（卷五）。其诗以五律见长，颇多寒苦之辞，善造枯寂之境，尤以慢工细活闻名。其《送无可上人》句下自注曰："两句三年得，一吟双泪流。"亦曾留下因"推敲"诗句入迷而冲撞京兆尹韩愈车仗之逸事。而其《剑客》诗又有"十年磨一剑"句，故"十年一剑苦推敲"正是其苦吟之写照。贾岛以勤补拙，虽天分不算出众，却留下许多佳作，成为后世诗人膜拜之偶像。

李 贺

长爪通眉神鬼才，
骑驴四顾觅诗材。
词奇色艳象瑰诡，
体势文思天外来。

李贺（790—816），字长吉，福昌（今河南宜阳县）人，家居福昌昌谷，故世称"李昌谷"，有《昌谷集》。《全唐诗》录其诗五卷。李贺奇貌奇才，七岁即能为诗，且极为刻苦。李商隐《李贺小传》云："长吉细瘦，通眉，长指爪，能苦吟疾书。……恒从小奚奴，骑距驴（或以为'驱驴'之误，即骡），背一古破锦囊，遇有所得，即书投囊中。"《新唐书·文艺下·李贺传》称其："手笔敏捷，尤长于歌篇。其文思体势，如崇岩峭壁，万仞崛起，当时文士从而效之，无能仿佛者。"其诗想象奇谲，辞采瑰丽，多神鬼意象，于诗史上留下独一无二之"李长吉体"。故宋代严羽云："长吉之瑰诡，天地间自欠此体不得。"（《沧浪诗话·诗评》）

许 浑

浑诗五百皆今体，
精切多为第二联。
字里行间多湿景，
风婆雨伯助佳篇。

许浑（约800—约858），字用晦（一作仲晦），润州丹阳（今江苏丹阳市）人。晚年归润州丁卯桥村舍闲居，故自编诗集取名为《丁卯集》。《全唐诗》录其诗十一卷。许浑为晚唐代表诗人之一，在今存约五百首诗中，竟无一首古体，实属罕见，从中亦可窥见晚唐偏重近体诗风之一斑。其尤擅五言、七言律诗，格律十分考究，为显示拗峭变化，他常将七律颔联后三字以"仄平仄"对"平仄平"，形成所谓"丁卯句法"，而为后人仿效。其诗属对精切，颔联妙句尤多，如"溪云初起日沉阁，山雨欲来风满楼"（《咸阳城东楼》）、"水声东去市朝变，山势北来宫殿高"（《登洛阳故城》）等皆是。许诗又多写烟雨水景，故有"许浑千首湿"（《苕溪渔隐丛话》卷二十四"罗隐"条引《桐江诗话》语）之评。

杜 牧

其一

风流倜傥岂驽骀，
献计平藩经世才。
十载扬州如一梦，
青楼诗苑两称魁。

其二

思追太白逸兴飞，
诗苑晚唐开紫薇。
今体幽微夹拗峭，
古歌厚重杜、韩归。

杜牧（803—852），字牧之，号樊川居士，因其
《紫薇花》诗享盛名，故又称杜紫薇，长安（今陕西西
安市）人，有《樊川文集》。《全唐诗》录其诗八卷。杜
牧为人风流倜傥，其《遣怀》诗自称"十年一觉扬州
梦，赢得青楼薄幸名"。又具经世之才，曾献平藩之计，

宰相李德裕采纳后大获成功。于诗则与李商隐齐名，为晚唐诗坛之巨擘。杜牧古体诗学杜、学韩，古朴厚重；近体诗重辞采神韵，七绝成就尤高，味永趣丰，有太白之风。沈德潜认为其绝句"托兴幽微，克称（盛唐绝句之）嗣响"（《唐诗别裁集》卷首凡例）。其律诗数量与绝句相当，各有一百余首。其诗时用古调，豪宕缠绵中别有一种拗峭风韵。明代杨慎云："律诗至晚唐，李义山而下，唯杜牧之为最。"（《升庵诗话》卷五）

李群玉

师崇屈宋隐沅湘，
词丽思深多雅章。
辇下献诗龙大悦，
一朝赐作校书郎。

　　李群玉（约808—约860），字文山，澧州（湖南澧县）人，有《李群玉集》。《全唐诗》录其诗三卷。其长期隐居沅湘，师崇屈、宋，诗作多吟咏景物、客愁、忧思。诗笔妍丽，才力遒健，各体皆能，尤擅妙用重字，如"黄叶黄花古城路，秋风秋雨别家人"（《金塘路中》）、"浮生暂寄梦中梦，世事如闻风里风"（《自遣》）之类比比皆是。杜牧游澧，曾劝其参加科考，但其"一上而止"。后听从宰相裴休建议，"徒步负琴，远至辇下"，向宣宗献诗三百篇。唐宣宗遍览之后，龙颜大悦，认为"异常高雅"，遂赐以"锦彩器物"，并"授弘文馆校书郎"。死后再追赐进士及第。唐诗人中如此蒙皇恩者罕见，故不失为诗史上一段佳话，从中亦可知唐诗繁荣与君王爱诗不无关系。

温庭筠

手仅八叉成八韵，
任情傲物不羁才。
花间鼻祖纤秾体，
诗苑又添新品来。

温庭筠（约812—866），本名岐，笔名庭筠，字飞卿，太原祁（今山西祁县）人，有《温飞卿集》。《全唐诗》录其诗九卷。温庭筠诗才之敏捷世所罕见，孙光宪《北梦琐言》卷四称其"才思艳丽，工于小赋，每入试，押官韵作赋，凡八叉手而八韵成"。为人则恃才傲物，放浪形骸，故一生不得志。其诗辞藻华丽，色泽浓艳，深婉精致，上承南朝宫体，下启花间艳体，被奉为花间派鼻祖。且不管后人如何评价，温诗为诗史增添新品种则为不争之事。代表作中五律《商山早行》最享盛名，其"鸡声茅店月，人迹板桥霜"一联尤受推崇。

李商隐

其一

寄人篱下欲如何，
终老青袍泪枉多。
失意官场翁失马，
诗坛发愤岂蹉跎！

其二

诗苑晚唐生玉溪，
犹如大旱现云霓。
精微绝句无其右，
七律名高与杜齐。

其三

乱花迷眼景萋萋，
哀婉朦胧七彩霓。
情场政坛多不幸，
欲言还隐创无题。

其四

伤时悯世察民情，
鉴古知今发不平。
唯美犹怀济世志，
诗人到底是儒生。

李商隐（约813—858），字义山，号玉溪（谿）生，又号樊南生，怀州河内（今属河南沁阳市）人，有《李义山诗集》。《全唐诗》虽仅录其诗三卷，但其仍堪称晚唐最大诗人。李商隐出身寒微，年幼失怙，尽管一身才学，也只能寄人篱下；因不幸卷入"牛李党争"而困顿终生。婚恋亦多有不幸。人生之艰难使其忧郁寡欢，伤己伤世，伤感遂成为其诗之感情基调。而仕途之坎坷则使其发愤为诗，刻意求工，"义山体"遂成为唯美之代称。其无题诗咏怀，欲言而不明言，意象朦胧，将诗之含蓄美、距离美表现至极致。其咏古诗借古讽今，政治诗指斥时弊，展现出儒生不平则鸣、欲济苍生之本色。其诗古体近体俱佳，七律尤工，识者咸以为可媲美老杜，为晚唐之冠冕。至于七绝，清人叶燮更激赏道："李商隐七绝，寄托深而措辞婉，实可空百代无其匹也。"（《原诗·外篇下》）

罗 隐

才子空怀末世愁，
今朝有酒即忘忧。
妙言隽语固惊警，
运去英雄不自由。

罗隐（833—909），本名横，字昭谏，号江东生，余
杭新城（今浙江杭州市富阳区）人，有《罗昭谏集》。《全
唐诗》录其诗十一卷。罗隐聪明绝顶，才学过人，却因生
逢"一笑君王便著绯"之末世，虽"十二三年就试期"（均
见罗隐《感弄猴人赐朱绂》），却屡试不第。所谓英雄末路，
无可奈何。于是移情诗文，其五卷《谗书》以道家思想讥
世，意在"警当世而戒将来"（《谗书》重序）。鲁迅认为其
"几乎全部是抗争和愤激之谈"（《小品文的危机》）。其诗
数量颇多，语浅意深，平易通俗，留下许多传世名句，如
"今朝有酒今朝醉，明日愁来明日愁"（《自遣》）、"国计已
推肝胆许，家财不为子孙谋"（《夏州胡常侍》）、"时来天地
皆同力，运去英雄不自由"（《筹笔驿》）等，不胜枚举。

陆龟蒙

隐逸田园不识愁，
江湖垂钓任扁舟。
广吟农事开生面，
南亩躬耕到白头。

陆龟蒙（？—881），字鲁望，吴郡（今江苏苏州市）人，因长期隐居松江甫里（今苏州市甪直镇），故号甫里先生，有《甫里集》。《全唐诗》录其诗十四卷。陆龟蒙忙时躬耕南亩，闲时则常乘船，携书、笔、茶、钓具，游于江湖之上，故又号"天随子""江湖散人"。其由天随性之散人生活，于《和袭美春夕酒醒》诗可见一斑："几年无事傍江湖，醉倒黄公旧酒垆。觉后不知明月上，满身花影倩人扶。"陆龟蒙写有大量诗文杂著，诗以表现山水景物、田园生活、唱和往来之作为多。其效法陶渊明，一生守拙于田园，但所写农事诗，如《放牛歌》《刈麦歌》《获稻歌》《蚕赋》《渔具》等，远较陶诗丰富，别开生面。

杜荀鹤

吟客江湖难忘忧，
生逢末世复何求？
鄙俚近俗由君笑，
自有宫词高一头。

　　杜荀鹤（846—904），字彦之，自号九华山人，池州石埭（今安徽石台县）人，有《唐风集》。《全唐诗》录其诗三卷。其一生官运不通，只能以诗为业，自称"乍可百年无称意，难教一日不吟诗"（《秋日闲居寄先达》），"宁为宇宙闲吟客，怕作乾坤窃禄人"（《自叙》）。《自叙》诗又称"诗旨未能忘救物"，可见其作诗有济世救民之自觉，为杜甫、白居易之写实传统于唐末之嗣响。其《山中寡妇》《再经胡城县》诸篇，正是其主张之实践。其诗皆为近体，以平易著称，但也常常失之于浅率，唯宫词《春宫怨》含蕴不尽，享有盛誉。故《苕溪渔隐丛话·前集》卷二十三"杜荀鹤"条引《幕府燕闲录》云："杜荀鹤诗鄙俚近俗，惟宫词为唐第一。"

贯　休

十四州非四十州，
闲云野鹤不低头。
鸾吟虎啸机锋健，
方外犹为黎庶忧。

贯休（832—912），俗姓姜，字德隐，人称"得得和尚"，婺州兰溪（今浙江兰溪市）人，五代前蜀诗僧，有《禅月集》。《全唐诗》录其诗十二卷。贯休为著名画僧、诗僧，一生傲骨，睥睨权贵。其为吴越国君钱镠所写《献钱尚父》一诗中有"满堂花醉三千客，一剑霜寒十四州"之句，钱镠命其将"十四州"改为"四十州"。贯休拒绝道："州亦难添，诗亦难改。闲云野鹤，何天不可飞耶！"遂拂袖而去。贯休虽为方外之人，却疾恶如仇，心系百姓疾苦，如《酷吏词》等诗深寓悲愤苍凉之思。故清人胡凤丹《重刻禅月集序》云："贯休一方外耳，而乃以悲愤苍凉之思，写清新俊逸之辞，忽而虎啸，忽而鸾吟，忽而夷犹清旷，神锋四出，又如千金骏足，飞腾飘瞥……"

皮日休

末世醉吟狂放翁，
孰知竟仕大齐宫。
尚奇多仿退之体，
乐府十篇居易风。

    皮日休（约834—约883），字逸少，后改袭美，又
号鹿门子、醉吟先生、醉士等，襄阳（今湖北襄阳市）
人，有《皮子文薮》。《全唐诗》录其诗九卷。皮日休性
嗜诗、嗜酒，富才学而有急智。曾被迫在黄巢之"大
齐"政权中任翰林学士，此在唐著名诗人中绝无仅有。
883年黄巢覆亡后，皮日休下落不明。唯其如此，《旧唐
书》《新唐书》皆无传。其诗风格大致有二：一为学白
居易，继承新乐府传统，此以《正乐府十篇》为代表；
一为学韩愈，走逞奇斗险之路，以描写吴中山水诸篇为
代表。

韦 庄

黄巢祸乱恰身临，
血泪相和《秦妇吟》。
风致嫣然近体雅，
歌行空谷响跫音。

　　韦庄（约836—910），字端己，长安（今陕西西安市）人，有《浣花集》。《全唐诗》录其诗六卷。韦庄为唐末重要诗人，其诗多以感时、忆旧、怀古、伤别为主题。近人丁仪称韦庄"诗典雅绮丽，风致嫣然，七绝则王建、李益之亚也"（《诗学渊源》卷八）。清人翁方纲称其"胜于咸通十哲（指许棠、郑谷等十二位唐末诗人）多矣"（《石洲诗话》卷一）。韦诗最负盛名者当属《秦妇吟》。880年，韦庄于长安应举，适值黄巢攻占长安，他对乱军暴行耳闻目睹，882年遂写出纪实长诗《秦妇吟》。该诗长达一千六百六十六字，为现存唐诗中长度之最，与《孔雀东南飞》《木兰辞》并称为"乐府三绝"。

韩偓

雏凤清于老凤声，
奇才天纵义山惊。
艳情荡漾《香奁集》，
时政编年律体呈。

韩偓（约842—约923），小名冬郎，字致尧，或作致光，号玉山樵人，长安（今陕西西安市）人，有《香奁集》《韩内翰别集》。《全唐诗》录其诗四卷。其聪明早慧，十岁时，曾即席赋诗送其姨父李商隐，令满座皆惊。李商隐诗赞其"雏凤清于老凤声"（《韩冬郎即席为诗相送……因成二绝·其一》）。其早年在昭宗朝仕途得意，生活优渥，诗多艳语，有刻意描画女性风姿春情之《香奁集》一卷，所谓"咀五色之灵芝，香生九窍；咽三危之瑞露，春动七情"（《香奁集自序》）。后人遂称艳情诗为"香奁体"，可见影响之著。后来历经乱离，诗风为之大变。尤其擅长以七律写时事，记事而兼抒怀，写实而善用典，用七律以编年方式将唐末由衰而亡之历史过程几乎一一再现，乃名副其实之史诗。

宋

（四十九首）

王禹偁

直言断佞遭三黜，
夏日秋霜耿气道。
居易为师讽喻切，
宋初盟主是黄州。

王禹偁（954—1001），字元之，济州巨野（今山东巨野县）人，因曾任黄州太守，故又称"王黄州"，有《小畜集》《小畜外集》。《全宋诗》录其诗十三卷。王禹偁官至翰林学士，以敢于直言讽谏闻名，宣称"兼磨断佞剑，拟树直言旗"（《谪居感事》），并因此三次遭黜而终不悔。苏轼称其"以雄风直道独立当世"，"耿然如秋霜夏日"（《王元之画像赞并序》）。宋初诗风有白居易体、西昆体、晚唐体之分，王禹偁为白体之代表。其诗既学白居易，又宗杜甫，曾称己诗"本与乐天为后进，敢期子美是前身"（《……聊以自贺》）。其闲适诗、讽喻诗均有引领宋初诗风之功，《蔡宽夫诗话》云："国初沿袭五代之余，士大夫皆宗白乐天诗，故王黄州主盟一时。"（《苕溪渔隐丛话·前集》卷二十二"西昆体条"引）

林 逋

梅妻鹤子伴诗书，
隐逸孤山行自如。
月下微吟清水浅，
暗香浮动影扶疏。

　　林逋（957—1028），字君复，又称和靖先生，杭州钱塘（今属浙江杭州市）人，有《和靖诗集》。《全宋诗》录其诗四卷。林逋为宋初著名隐逸诗人，刻苦好学，通晓经史，性孤高，喜恬淡，情唯与青山绿水相宜。长期隐居杭州西湖，结庐孤山，终生不仕不娶，以梅为妻，以鹤为子，人称"梅妻鹤子"。《宋史·隐逸上·林逋传》称其"喜为诗，其词澄浃峭特，多奇句。既就稿，随辄弃之。或谓：'何不录以示后世？'逋曰：'吾方晦迹林壑，且不欲以诗名一时，况后世乎！'然好事者往往窃记之，今所传尚三百余篇"。七律《山园小梅》（其一）被誉为千古咏梅绝唱，其中"疏影横斜水清浅，暗香浮动月黄昏"两句最为有名。

寇　准

直谏扯衣犹魏徵，
澶渊城下退辽兵。
小诗尽却公卿气，
但见清幽闲适情。

寇准（961—1023），字平仲，华州下邽（今属陕西渭南市）人，有《寇忠愍公诗集》。《全宋诗》录其诗四卷。寇准为北宋大政治家，曾两度入相。某次进谏时，太宗怒而欲去，寇准扯住太宗衣服，进谏不止。此举令太宗大为感慨，叹道："朕得寇准，犹文皇之得魏徵也"。（语见《御定渊鉴类函》卷五四《帝王部十五·用贤一》）寇准又力沮众议，促使真宗亲临澶渊，谋退辽兵，竟成隽功。寇准七岁即能诗，为政后亦吟咏不已，其诗被归入宋初晚唐体一派，以清幽深婉之词抒发闲情逸致。其七绝好诗尤多，如"萧萧远树疏林外，一半秋山带夕阳"（《书河上亭壁》）、"日暮长廊闻燕语，轻寒微雨麦秋时"（《夏日》）等，皆为写景名句。

钱惟演

逞才炫学主西昆，
唯美诗坛享位尊。
词艳律谐精用典，
斑斑可见玉溪痕。

钱惟演（977—1034），字希圣，钱塘（今浙江杭州市）人。《全宋诗》录其诗二卷。钱惟演官至工部尚书、枢密使，人品、政绩虽不足称，但雅好文辞，性喜招徕文人，对欧阳修、梅尧臣等曾有提携之恩。钱惟演博学能文，著作很多，惜多亡佚。宋初流行白居易体、晚唐体，但最得势者非"西昆体"莫属。西昆体诗人皆为馆阁文臣，学殖深厚，皆以李商隐诗为典范，为诗追求辞藻艳丽，用典精巧，韵律谐美。其唯美之追求虽被后人诟病，但其形式之美在诗史上自有其重要意义。而钱惟演正是"西昆体"代表诗人，杨亿所辑《西昆酬唱集》共收十七人之二百四十八首诗，钱诗入选五十四首，其地位之尊可想而知。

梅尧臣

其一

新朝难卸旧朝裳，
"白体""西昆"与"晚唐"。
天降梅公横绝出，
宋诗由此换今装。

其二

寓浓于淡意绵绵，
不尽情思言外诠。
含蓄自然成宋韵，
宛陵巨手执先鞭。

梅尧臣（1002—1060），字圣俞，宣州宣城（今安徽宣城市）人，因宣城汉代称宛陵，故世称"宛陵先生"，有《宛陵集》。《全宋诗》录其诗三十一卷。梅尧臣官运偃蹇，诗名却大，与苏舜钦齐名，时号"苏梅"，又与欧阳修并称"欧梅"。其为诗主张言之有物，抒发真情实感。艺术上一则追求平淡"作诗无古今，惟造平淡难"（《读邵不疑学士诗卷》）；二则提倡含蓄，追求"状难写之景如在目前，含不尽之意见于言外"（欧阳修《六一诗话》引）。其诗论、诗作皆对宋诗影响极大。胡仔称"圣俞诗工于平淡，自成一家"（《苕溪渔隐丛话·后集》卷二十四"梅都官"条）。陆游曾谓欧阳修文、蔡襄书、梅尧臣诗"三者鼎立，各自名家"（《渭南文集》卷十五《梅圣俞别集序》）。梅诗之前，宋诗唯唐是从，宋诗之特色始于梅诗，故刘克庄云："本朝诗惟宛陵为开山祖师。"（《后村诗话》卷二）

欧阳修

其一

连中三元六一翁，
诗词文赋俱称雄。
提携后学与时进，
领袖群英各建功。

其二

近体思清景致幽，
情思汩汩调舒柔。
古歌赋笔善铺叙，
议论入诗开宋流。

欧阳修（1007—1072），字永叔，号醉翁，又号六一居士，吉州庐陵（今江西永丰县）人，有《文忠集》。《全宋诗》录其诗二十二卷。欧阳修天资聪颖而又刻苦好学，科考时曾接连在广文馆试、国学解试、礼部省试中名列第一，连夺监元、解元、省元，留下"连中三元"之科考佳话。后官至枢密副使、参知政事。欧阳修位高权重，本身又为一代文宗，不仅为北宋诗文革新运动之领军，而且慧眼识英，奖掖提携大批人才，北宋文坛之代表人物苏轼、王安石、曾巩等皆出其门下。欧阳修诗、词、文、赋兼能，诗名虽不及文名，亦自成一家。近体平易清新，音调浏亮；古体叙事记人，时用赋笔，舒徐周详，且常以议论入诗，开宋诗之新风。

苏舜钦

气吞万里虎生风，
诗杰横空出世中。
力倡歌诗须致用，
粗针大线或疏空。

　　苏舜钦（1008—1048），字子美，开封（今河南开封市）人，有《苏学士集》。《全宋诗》录其诗九卷。苏舜钦致力于诗文革新，强调诗之讽谏功能，主张"原于古，致于用"（《〈石曼卿诗集〉叙》）。有宋一朝饱受边患困扰，抗击侵略、守土保疆成为宋诗重要主题。苏舜钦《吾闻》诗有"予生虽儒家，气欲吞逆羯……昼卧书册中，梦过玉关阙"句，开宋诗抒发报国壮志之先河。苏舜钦为人慷慨豪放，诗风亦然，欧阳修盛赞其"笔力豪隽""超迈横绝"（《六一诗话》）。《宋史·文苑四·苏舜钦传》亦称其"时发愤懑于歌诗，其体豪放，往往惊人"。可惜时常含蕴不足，诗语或失之粗疏。

李　觏

宋学开山亦爱诗，
玉溪风致喜幽辞。
素娥寂寞方诸泪，
云阻乡关万里思。

　　李觏（1009—1059），字泰伯，号盱江先生，曾任
太学直讲，故称李直讲，建昌南城（今江西南城县）
人，有《盱江集》。《全宋诗》录其诗三卷。李觏以授
业传道为生，并且勤于著述，卓然而有大成，被誉为宋
学开山。其虽身为宿儒，诗篇却毫无学究之气，清词丽
句，意境深幽，绝句中名篇尤多，颇得晚唐李商隐风
致。如《璧月》云："璧月迢迢出暮山，素娥心事问应
难。世间最解悲圆缺，只有方诸泪不干。"以方诸（本
为承露容器）之泪，强调世间圆缺之悲，深婉之至。
《乡思》云："人言落日是天涯，望极天涯不见家。已恨
碧山相阻隔，碧山还被暮云遮。"用层层阻隔法，将思
乡而不得归之情渲染到极致。

文 同

诗中有画艺圆熟，
精致清幽尽脱俗。
工笔描摹如绘图，
盖因胸内藏成竹。

　　文同（1018—1079），字与可，号笑笑先生，人称
"石室先生"，梓州永泰县（今四川盐亭县）人，有《丹
渊集》。《全宋诗》录其诗二十卷。文同为北宋大画家，
尤擅画竹，成语"胸有成竹"即为其经验之谈。画之
外，诗、文、书皆可观，深受其表弟苏轼敬重。其诗题
材颇广，但以写景诗最有特色，写景宛如画竹，全景在
胸，然后选取典型景物加以工笔描摹，用文字构成幅幅
图画，让读者宛然如见。如《晚至村家》画村景："深
葭绕涧牛散卧，积麦满场鸡乱飞。"《早晴至报恩山寺》
绘山景："烟开远水双鸥落，日照高林一雉飞。"苏轼曾
以"诗中有画"赞美王维，移来评论文同之诗，亦完全
适用。

司马光

方正谦恭为国谋，

焚膏继晷不知休。

娱情遣兴诗多产，

桃李何妨插白头。

　　司马光（1019—1086），字君实，号迂叟，陕州夏县（今山西夏县）涑水乡人，世称"涑水先生"，有《传家集》。《全宋诗》录其诗十五卷。司马光为北宋大政治家、史学家，为人温良谦恭、方正不阿；并以勤勉著称，自称"日力不足，继之以夜"（《进〈资治通鉴〉表》）。其为政、治史之余，在诗坛亦勤耕不辍，写景抒怀记感，质朴流畅清新，蔚然而成大观。如《和邵尧夫安乐窝中职事吟》自吟其性情道："松篁亦足开青眼，桃李何妨插白头。"其天性中浪漫之诗性鲜明如见。

王安石

其一

勤勉劬劳拗相公，
宵衣旰食袖清风。
缢兵弄险须时运，
变法用强难建功。

其二

丰神远韵入苍穹，
又绿江南杨柳风。
逸韵覃思寄意远，
相公本色是诗翁。

其三

博极群书铸雅辞，
无心插柳变萧规。
宋人用典成风气，
巨手开先后世随。

王安石（1021—1086），字介甫，晚号半山，抚州临川（今江西抚州市临川区）人，有《临川集》。《全宋诗》录其诗四十卷。王安石天资出众，《宋史·王安石传》称其"少好读书，一过目终身不忘。其属文动笔如飞"。为人亦迥异常人，黄庭坚叹道："余尝熟观其风度，真视富贵如浮云，不溺于财利酒色，一世之伟人也。"（《跋王荆公禅简》）苏洵则认为其"衣臣虏之衣，食犬彘之食，囚首丧面而谈诗书"（《辨奸论》），行为乖张必有奸诈。王安石熙宁二年（1069）任参知政事，次年拜相，随即大刀阔斧，厉行变法。"如邓艾缒兵入蜀，要以险绝为功"（赵与时《宾退录·卷二》引敖器之语）。并且为此宵衣旰食，呕心沥血，无奈操之过急，不切实际，故事与愿违，无功而有罪。文学创作方面，王安石诗、词、文皆臻一流，其诗可以熙宁九年（1076）第二次罢相为界，分为前后两期。前期关注现实，对民间疾苦有深厚同情，对社会不公有深刻批判；后期多写景咏物，对诗艺精益求精。叶梦得《石林诗话·卷上》评道："王荆公晚年诗律尤精严，选语用字，间不容发。"同时又因博极群书，擅长将典故熔铸入诗，故诗句字面优雅，底蕴丰厚，以丰神远韵而自成一家，开宋诗多用典故之先河。

王　令

艰难苦恨有谁知，
弃考谋生不弃诗。
磅礴瑰奇喜壮语，
盖凭幻境慰愁思。

　　王令（1032—1059），初字钟美，后改字逢原，
元城（今河北大名市）人，后移居广陵（今江苏扬
州市），有《广陵集》。《全宋诗》录其诗十九卷。王
令在艰难苦恨中度过短暂一生，五六岁时父母双亡，
十七八岁即开始为生存而东奔西走，备尝辛酸，并被
迫为谋生而放弃科举考试。其借孤雁自叹道："哀鸣徒
自切，谁谓尔悲愁。"（《雁》）然而其天生诗才，弃考
却未弃诗，至其二十七岁去世，留下大量诗作。《四库
全书总目》卷一五三"广陵集条"云："令才思奇轶，
为诗磅礴奥衍，大率以韩愈为宗，而出入于卢仝、李
贺、孟郊之间。"王令诗以气概恢宏、想象奇特、词
句生猛而耸动诗坛，如《偶闻有感》《龙池》《暑旱

苦热》等皆是。形成此种风格之原因固然很多，但现实生活过于凄苦，故欲在幻境中求得片刻慰藉，应为一因。

苏 轼

其一

横看成岭侧成峰，
所欲随心矫似龙。
快意纵情笔力健，
汪洋恣肆却从容。

其二

滔滔博喻似江河，
铁板铜琶唱古歌。
天马行空合法度，
只因骑手是东坡。

其三

雪泥鸿爪引情思，
慧眼灵心近体诗。
汩汩清泉不择地，
浓妆淡抹总相宜。

其四

坡仙异禀世无两，

力践孔仁参老庄。

逆境悠然顺境乐，

仪型岂止在诗章！

　　苏轼（1037—1101），字子瞻，又字和仲，号东坡居士，眉州眉山（今四川省眉山市）人，有《东坡全集》。《全宋诗》录其诗四十九卷。苏轼为古今罕见之文艺全才，诗、文、词、书、画，无一不臻至境。为人则为古今难得之典范，豪放豁达，率真坦荡，爱憎分明。其处世既坚守孔孟之仁义，又深得老庄之通脱，顺境固欣然，逆境不沮丧。而且其好交友、好美食、好品茗、好山水，情商、趣商皆高人一头，谓之伟人自不必说，谓之完人亦无不可。北宋诗鼎盛于元祐时期，苏轼则为"元祐诗人"之代表。其所存两千七百余首诗作，既为夐夐独造之艺术世界，亦是"雪泥鸿爪"式人生记录。在艺术表现上，其用典之宏富、比喻之新颖、诗语之丰赡、题材之多样、意境之开阔，不仅为宋诗开启无数法门，亦为整部中华诗史增色不少。其古体诗如长江大河，如骏马注坡，譬喻绵绵不绝，气势夺人心魄。其近体诗形式上严守法度，内容上则信马由缰，得心应手，挥洒自如，奇思妙句，美不胜收，诚可谓"横看成岭侧成峰"，"浓妆淡抹总相宜"。

黄庭坚

其一

宋诗典雅浸书香，
介甫驰才始滥觞。
博学东坡再接力，
夺胎换骨则为黄。

其二

修辞炼句态雍容，
章法森严循杜踪。
点铁成金妙用典，
江西诗派奉为宗。

　　黄庭坚（1045—1105），字鲁直，号山谷道人，晚号涪翁，洪州分宁（今江西修水县）人，有《山谷内集》《山谷外集》《山谷别集》。《全宋诗》录其诗四十九卷。虽为苏门学士，但诗却与苏轼并称"苏黄"。黄庭坚以杜诗为学习范本，继承王安石、苏轼多用典故之习，并且更进一步，要求诗中字字有来处，提出用典必须以故为新，力求点铁成金，夺胎换骨。惠洪《冷斋夜话》卷一《换骨夺胎法》引黄庭坚语云："不易其意而造其语，谓之换骨法；窥入其意形容之，谓之夺胎法。"此说影响甚巨，成为宋代最大诗派江西诗派之作诗指南，黄本人遂被奉为江西诗派三宗之首。在创作方面，黄庭坚诗注重炼字，强调用字要有来历；追求句法技巧。因其诗有章可循，便于学习，所以效法者甚众，其影响在宋代甚至苏诗亦不能及。

秦 观

屈宋之才岂女郎，
遗山有论又何妨？
清新妩媚调柔婉，
寄慨遥深高古肠。

秦观（1049—1100），字少游，一字太虚，号淮海居士，扬州高邮（今江苏高邮市）人，有《淮海集》。《全宋诗》录其诗十六卷。秦观生性豪爽，才气纵横，与黄庭坚、晁补之、张耒共为"苏门四学士"。《宋史·文苑六·秦观传》称"轼以为有屈宋之才"，"安石亦谓清新似鲍谢"。因元好问有"始知渠是女郎诗"（《论诗三十首·二十四》）之句，故秦观诗多被后人以柔弱婉约视之。其实"淮海秦郎天下士，一生怀抱百忧中"（芮烨《题莺花亭》），并不乏慷慨悲歌、意境开阔之作，比如《春日杂兴十首》自抒怀抱云"缪挟江海志，耻为升斗谋"（其二）；写山林之景云"猿吟虎豹啼，云气迷西东"（其四）。故不应以"女郎诗"视之。

陈师道

字无来历不为诗，
卧被苦吟情若痴。
律体森严得杜意，
惜乎觅自闭门时。

　　陈师道（1053—1102），字履常，一字无己，号后山居士，归德府彭城（今江苏徐州市）人，有《后山集》。《全宋诗》录其诗七卷。陈师道为苏门六君子之一，江西诗派代表作家，被奉为"三宗"之一。相传他作诗用力极勤，平时出行，有诗思，就急归拥被而卧，诗成乃起。有时呻吟累日，恶闻人声，所以黄庭坚有"闭门觅句陈无己"（《病起荆江亭即事》）之句。其诗先学黄庭坚，作诗力求"无一字无来历"，可因学力不逮，常有捉襟见肘之尴尬，曾自嘲"拆东补西裳作带"（《次韵苏公〈西湖徙鱼〉三首·其三》）。后又致力于学杜，句法森严，五、七言律尤得其形。黄庭坚云"其作诗深得老杜之句法，今之诗人不能当也"（王云《题后山集》引）。不过，陈师道闭门苦吟，内容上自然难与杜诗相提并论。

张　耒

宋诗用典蔚成风，
却有柯山调不同。
胸臆直抒辞质朴，
清明晓畅与唐通。

　　张耒（1054—1114），字文潜，号柯山，人称宛丘先生，楚州淮阴（今江苏淮安市）人，有《宛丘集》。《全宋诗》录其诗三十三卷。张耒为"苏门四学士"之一，其诗平易晓畅、真率质朴，多用白描，不尚雕琢、不喜用典，在宋诗人中别具一格。其诗颇受苏轼赏识，曾以"气韵雄拔，疏通秀明"（朱弁《曲洧旧闻》卷五引）赞之。同门晁补之亦谓"君诗容易不著意，忽似春风开百花"（《鸡肋集》卷十八《题文潜诗册后》）。朱熹称"张文潜诗只一笔写去，重意、重字皆不问，然好处亦是绝好"（《朱子语类》卷一四〇）。张耒心慕唐音，为诗潜心学习白居易、张籍，诗集中并多有模仿杜甫、李白、韦应物篇什，重启宋诗人取法唐调之门。

唐 庚

无计驱愁到酒边，
醉眠拈笔却忘筌。
悲吟累日推敲苦，
或可称为唐阆仙？

唐庚（1070—1121），字子西，人称鲁国先生，眉州丹棱（今四川省丹棱县）人，有《唐子西集》。《全宋诗》录其诗七卷。唐庚与苏轼是小同乡，贬所又同为惠州，兼之文采风流，当时有"小东坡"之称。不过其作诗与苏轼的放笔快意不同，倒与唐人贾岛相近，以苦吟著称，常常悲吟累日，推敲锤炼，有似贾岛。其可贵之处在于他能"刻意锻炼而不失气格"（见《四库全书总目》卷一五五"唐子西集条"），工于属对，巧于用事，简淡而多新意，不蹈袭前人。诗中佳句颇多，比如其用"无计驱愁得，还推到酒边"（《春归》）抒写春愁，用"草青仍过雨，山紫更斜阳"（《栖禅暮归书所见》其二）写日暮雨过天晴之景，用"梦中频得句，拈笔又忘筌"（《醉眠》）写醉后诗思，皆堪称隽言妙句。

惠 洪

诗僧性本属江湖，
抹月批风餐秀姝。
秋色平分钵满后，
放歌李愬气吞胡。

惠洪（1071—1128），一名德洪，自称"洪觉范"。俗姓喻，筠州新昌（今江西宜丰县）人，有《石门文字禅》。《全宋诗》录其诗二十卷。惠洪为北宋著名诗僧，一生多坎坷，饱受磨难，但始终我行我素，泰然处之，黄庭坚《赠惠洪》诗赞其"不肯低头拾卿相，又能落笔生云烟"。惠洪对苏轼、黄庭坚推崇之至，为诗主张自然而又注重文采："文章五色体自然，秋水精神出眉目。"（《鲁直弟稚川作屋峰顶名云巢》）惠洪既为诗僧，写景名句自然甚多，如《崇胜寺后……》末联抒感曰："戏将秋色分斋钵，抹月批风得饱无？"用幽默笔调尽显其饱餐秀色之餍足感。诗僧记事、写人、题画，亦不乏杰作，如《题李愬画像》劈头即云："淮阴北面师广武，其气岂只吞项羽？"可谓先声夺人，大气磅礴。

韩 驹

子苍神似储光羲，
造语清新造境奇。
满纸书香却朗畅，
千锤百炼细磨诗。

韩驹（约 1080—1135），字子苍，号牟阳，陵阳仙井（今四川仁寿县）人，故又称陵阳先生，有《陵阳集》四卷。《全宋诗》录其诗五卷。韩驹自幼以读书为乐，博洽古今，作诗讲究锤字炼句，雅好用典，书卷气浓郁，故被吕本中列入江西诗派。其高明之处在于书香满纸却无"掉书袋"之累，朗畅而有思致，奇丽而少匠气，颇有唐诗风韵，故苏辙赞其诗"恍然重见储光羲"（《题韩驹秀才诗卷》）。所作虽不多，但为世所重，刘克庄称其"有磨淬剪裁之功，终身改窜不已，有已写寄人数年，而追取更易一两字者，故所作少而善"（《后村集》卷二四《江西诗派小序·韩子苍》）。

吕本中

江西诗派定名人，
国难亲罹倍黯神。
郁愤深沉学子美，
感时伤世诉艰辛。

　　吕本中（1084—1145），字居仁，世称"东莱先生"，寿州（今安徽寿县）人，有《东莱诗集》。《全宋诗》录其诗二十四卷。其诗风以靖康之变（1126）为界，分为前后两期。早年生活优裕安定，诗学黄庭坚、陈师道，讲究字法句法，风格清雅。二十岁顷作《江西诗社宗派图》，"江西诗派"由此定名，影响深远，虽然未将己名列于其中，但后人多以"江西诗派中人"视之。后期诗学李白、杜甫、苏轼，诗风渐趋深沉。其于汴京遭逢靖康之变，亲历战乱兵燹之祸；逃难途中，饱受颠沛流离之苦，从而写下很多直面苦难、感时伤世之作，诗风也随之变为浑厚沉郁。其组诗《兵乱后杂诗》用二十九首五律，多侧面、多角度反映靖康之变给国家、百姓、自己带来的苦难艰辛，令人唏嘘。

曾　几

治经学道读书人，
旧典入诗能出新。
娴雅清幽遣逸兴，
寻常浅语却传神。

曾几（1084—1166），字吉甫，号茶山居士，洛阳（今河南洛阳市）人。文集早佚，《四库全书》从《永乐大典》中辑出《茶山集》八卷。《全宋诗》录其诗九卷。其弟子陆游称其"治经学道之余，发于文章，雅正纯粹，而诗尤工"（《曾文清公墓志铭》）。曾几虽名列江西诗派，但其讲究炼字却力避僻字险韵，频繁用典却能翻出新意，出之平易，故大都易读易懂，很少江西诗派诗人生新瘦硬之涩。其近体诗遣兴抒怀，写景记人，对仗自然，活泼灵动，如《大雨苗苏，喜而有作》以"不愁屋漏床床湿，且喜溪流岸岸流"抒喜雨之情怀，《读书》以"几净幽怀惬，窗明老眼宜"传读书之惬意，皆浅语白描，鲜明如画。

以诗论诗——咏中华诗史绝句二百首

陈与义

其一

天资卓伟性温敦，
清邃纡余意厚浑。
派列江西为主将，
精雕细琢却无痕。

其二

流离颠沛靖康时，
国破家亡感发诗。
顿挫沉雄慷慨气，
简斋与杜最相知。

陈与义（1090—1138），字去非，号简斋，洛阳
（今河南洛阳市）人，北、南宋之交诗人，有《简斋
集》。《全宋诗》录其诗三十一卷。《宋史·文苑七·陈
与义传》称其"天资卓伟""尤长于诗，体物寓兴，清
邃纡余，高举横厉，上下陶、谢、韦、柳之间"。严羽

《沧浪诗话》将陈与义诗列为"陈简斋体"。"简斋体"重情趣，重白描，善用浅语造境，精雕细刻却很少斧凿痕迹，如《春日》"忽有好诗生眼底，安排句法已难寻"之句，何其生动活泼。历经丧乱后，努力取法杜诗，七律尤近老杜之雄沉，如《登岳阳楼·其一》《巴丘书事》《次韵尹潜感怀》等，登高兴慨，感时抚事，悲壮沉雄，几近杜诗。

刘子翚

理学名家却爱诗，
鄙夷旧习喜新词。
《汴京纪事》寄深慨，
有口皆碑传诵之。

刘子翚（1101—1147），字彦冲，一作彦仲，号屏山，又号病翁，人称屏山先生，建州崇安（今福建武夷山市）人，有《屏山集》。《全宋诗》录其诗十一卷。刘子翚为著名理学家兼诗人，朱熹即为其弟子，但其诗作却无甚"头巾气""讲义气"，诗风明快晓畅。《四库全书总目》卷一五七"屏山集"条称其"风格高秀，不袭陈因"。绝句中佳作尤多，其代表作《汴京纪事》二十首七绝，前七首记叙国都沦陷，后十三首追忆往日繁华，对比见义，寄慨兴感，再现惨痛史事，殆若"诗史"，历来为人称道。

陆　游

其一

跃马横戈欲试锋，
壮心唯愿九州同。
胡尘不扫不瞑目，
亘古男儿一放翁。

其二

少工藻绘欲求奇，
中务恢宏愤且悲。
晚造清平闲适境，
长吟短咏万篇诗。

其三

长歌壮阔势浑雄，
体大情豪见古风。
不嗣江西师李杜，
汪洋恣肆近坡公。

其四

格律精严对偶嘉，
放翁近体自堪夸。
山重水复花明暗，
更有《沈园》双绝葩。

陆游（1125—1210），字务观，号放翁，越州山阴
（今浙江绍兴市）人，有《剑南诗稿》。《全宋诗》录其
诗八十八卷。陆游为南宋最大诗人，一生"但悲不见九
州同"（《示儿》）。收复失地、恢复中原，既为其人生之
坚定信念，亦是其诗作之最大主题。梁启超读其诗集后
大赞道："集中十九从军乐，亘古男儿一放翁。"（《读陆
放翁集》）陆游诗法李杜而不嗣江西，曾云"数仞李杜
墙，常恨欠领会"（《示子遹》）。其作诗少工藻绘，中
务宏大："我初学诗日，但欲工藻绘。中年始少悟，渐
若窥宏大。"（《示子遹》）至晚年则归于平淡，追求"诗
到无人爱处工"（《明日复理梦中作》）之境界。陆诗各
体皆工，赵翼云："以律诗见长，名章叠句，层见叠出，
令人应接不暇。使事必切，属对必工。"又云："其古体
诗，才气豪健，议论开辟，……此古体之工力更深于近

体也。"（均见《瓯北诗话》卷六）其七古《长歌行》气势豪放，笔力雄壮，节奏明快，诗语晓畅，被推为陆集中压卷之作。赵翼甚至认为"宋诗以苏、陆为两大家，后人震于东坡之名，往往谓苏胜于陆，而不知陆实胜苏也"（《瓯北诗话》卷六）。其晚年所作悼亡诗七绝《沈园二首》表达伤心绝望之思，深沉哀婉之极。宋诗中优秀爱情诗不多，此二首堪称奇葩。

以诗论诗——咏中华诗史绝句二百首

范成大

其一

先学江西后乐天，
心忧黎庶怒苛捐。
使金闻见以诗记，
晓畅清新实录篇。

其二

四季乡村记杂兴，
农民苦乐悲欢情。
田园诗统由来久，
成大终于集大成。

范成大（1126—1193），字至能，一字幼元，号石湖居士，苏州吴县（今江苏苏州市吴中区）人，有《石湖诗集》。《全宋诗》录其诗三十三卷。范成大与杨万里、陆游、尤袤合称南宋"中兴四大诗人"。早年情钟江西派，后取法白居易、王建、张籍等新乐府诗，写下许多反映百姓疾苦之作。其诗风格温润晓畅、题材广泛，以使金纪行诗与田园诗最为人称颂。前者以七十二首七绝记述其乾道六年（1170）使金途中所见所感。宋诗中据实表现沦陷区生活之作不多，此组诗填补一大空白，弥足珍贵。田园诗中以《四时田园杂兴》最为著名，这组诗共六十首七言绝句，每十二首为一组，分咏春日、晚春、夏日、秋日和冬日之田园风光与农民生活，可谓中国古代田园诗集大成之作。

杨万里

其一

一代诗宗手眼勤，
生擒活捉景纷缊。
新鲜泼辣白描狠，
处处山川怕见君。

其二

俗中有雅诚斋体，
万象毕来奔笔底。
浅近空灵谐趣多，
天容水色碧如洗。

杨万里（1127—1206），字廷秀，号诚斋，吉州吉
水（今江西吉水县）人，有《诚斋集》。《全宋诗》录其
诗四十四卷。杨万里与陆游、尤袤、范成大并称"南宋
四大家"，诗才绝大，长咏短吟，七步而成，一字不改。
曾学江西诗派，重字句韵律，五十岁后宣称不再受制于

前人，直接师法自然："传派传宗我替羞，作家各自一风流。黄陈篱下休安脚，陶谢行前更出头。"（《跋徐恭仲省干近诗三首·其三》）遂自成新奇鲜活、诙谐泼辣之"诚斋体"。既富有"扫千军、倒三峡、穿天心、透月胁"之夺人气势，亦不乏"状物姿态，写人情意，……铺叙纤悉，曲尽其妙"（上引均见周必大《文忠集》卷四十七《跋杨廷秀石人峰长篇》）之细腻笔触。诚斋诗以山川花月之自然景物为主，"水色天容拆不开"（《过宝应县新开湖》），天下美景尽入诗中，以至于姜夔戏叹"年年花月无闲日，处处山川怕见君。"（《送〈朝天续集〉归诚斋，时在金陵》）

朱　熹

方塘云影共天光，
万紫千红泗水旁。
看似寻常赞美景，
画中理趣味深长。

　　朱熹（1130—1200），字元晦，又字仲晦，号晦庵，
谥文，世称朱文公，南剑州尤溪（今福建尤溪县）人，
有《晦庵集》。《全宋诗》录其诗十二卷。朱熹为南宋最
大理学家，为儒学集大成者，著作等身。而这位文公闲
来赋诗，落笔却很少学究迂气，诗语平易清新，形象鲜
明生动，情韵既足，理趣又深，故格外耐人寻味。比如
其《春日》云："胜日寻芳泗水滨，无边光景一时新。等
闲识得东风面，万紫千红总是春。"此"万紫千红"，既
是泗水之春景，又喻孔学（孔子出生地属泗水）之美不
胜收。《观书有感二首·其一》云："半亩方塘一鉴开，天
光云影共徘徊。问渠那得清如许？为有源头活水来。"此
"源头活水"，固指方塘水清之由，亦喻学无止境，须不
断观书补充知识"活水"之理。可谓言有尽而意无穷。

姜　夔

乐律诗文书并工，
全才通识嗣坡公。
精深蕴藉格高秀，
意境上追骚雅风。

姜夔（约1155—约1221），字尧章，号白石道人，饶州鄱阳（今江西省鄱阳县）人，有《白石诗集》。《全宋诗》录其诗一卷。姜夔乃继苏轼之后又一罕见之艺术全才，音乐、诗、词、散文、书法无不精善。其词固然一流，诗亦不遑多让，自出机杼，清婉拔俗，论者以为具《骚》《雅》之风。其《白石道人诗说》云："小诗精深，短章蕴藉，大篇有开阖，乃妙。"此语正可概括其诗之特色，可谓夫子自道。《四库全书总目》卷一六二"白石诗集"条云："今观其诗，运思精密，而风格高秀，诚有拔于宋人之外者。傲视诸家，有以也。"

永嘉四灵

诗承姚、贾苦寒风，
细琢精雕五律工。
莫道鱼儿二寸小，
合群能做一时雄。

　　永嘉四灵指南宋中叶温州永嘉（今浙江永嘉县）
四位诗人：徐照（？—1211，字灵晖，有《芳兰轩
诗集》）、徐玑（1162—1214，字灵渊，有《二薇亭诗
集》）、赵师秀（约1170—1219，号灵秀，有《清苑斋
集》）、翁卷（生卒年不详，字灵舒，有《西岩集》）。因
四人同为永嘉人，字或号中皆有"灵"字，故得此名。
四人生活贫乏，诗才有限，但合成一派，却也稍成气
候，所以钱锺书在《宋诗选注》里引杜甫《白小》"白
小群分命，天然二寸鱼"之句，来形容四人之诗依群成
名之特色。永嘉四灵崇尚并师法晚唐贾岛、姚合苦寒诗
风：以苦吟相尚，专攻五律，刻意求工，竞相以精雕细
刻之词写隐逸江湖、寄情田园之趣，从而与以学问为诗
之江西诗派分道扬镳，对南宋后期诗坛影响较大。

戴复古

父志子承穷后工，
江湖自适布衣终。
苦吟五律凿痕少，
十绝论诗声誉隆。

　　戴复古（1167—约1248），字式之，因常居南塘石
屏山，故自号石屏、石屏樵隐，天台黄岩（今浙江台州
市黄岩区）人，有《石屏集》。《全宋诗》录其诗八卷。
戴复古为南宋末江湖诗派代表诗人，其一生与其父戴敏
才相同，以诗自适，不肯作举子业，浪迹江湖，布衣而
终。其诗远宗少陵，近学剑南，"尝登陆游之门，以诗
鸣江湖间"（《四库全书总目》卷一六一"石屏集"
条）。戴复古诗以五律居多，多写人情世事，虽以苦吟著称，
刻意而为，但诗作却很少斧凿之痕，自有清远之致。其
以诗论诗之杰作《论诗十绝》，享誉当时，影响后世。

刘克庄

转益多师个性存，

求工不惜露雕痕。

又从杨陆换胎骨，

宋末诗宗数后村。

刘克庄（1187—1269），初名灼，字潜夫，号后村，福建莆田（今福建莆田市）人，有《后村集》。《全宋诗》录其诗四十九卷。刘克庄为南宋末诗宗，以高寿（寿八十三）、高官（官至工部尚书）、高产（近五千首诗）著称于时。其诗转益多师，早年与永嘉四灵打成一片，学晚唐体，为求妙句奇对而苦吟不止，即便斧凿痕重亦不以为意；后与戴复古等多所交往，自言"江湖吟人抑或谓余能诗"（《跋赵崇安诗卷》），曾被归入江湖派。后又学陆游、杨万里，自称"初由放翁入，后喜诚斋"（《刻楮集序》），诗风变而为活泼生动，大得"诚斋体"旨趣。

严　羽

沧浪言诗倡盛唐，
空灵冲淡韵悠长。
羚羊挂角迹缥缈，
创作亦能摹孟王。

　　严羽（？—1264），字丹丘，一字仪卿，自号沧浪逋客，世称"严沧浪"，邵武（今福建邵武市）人，有《沧浪集》，集后附有《沧浪诗话》。《全宋诗》录其诗二卷。严羽为南宋末诗论家、诗人，其《沧浪诗话》之影响力，堪称古今"诗话"第一。其分《诗辨》《诗体》《诗法》《诗评》《考证》五门，完全从艺术角度论述诗之特征，认为"诗者，吟咏情性也"。又以禅喻诗，强调"妙悟"之用，以"羚羊挂角，无迹可求"（引文均见《诗辨》）之空灵幽远为最高境界，并以盛唐名家为学诗范本。严羽诗作不及诗论，其师法盛唐，虽"不能追李杜之巨观"，但"能摹王孟之余响"（《四库全书总目》卷一六三"沧浪集"条），颇有王孟冲淡空灵之幽

韵。比如《临川逢郑遐之之云梦》抒写离情，读来但觉
余音不尽："天涯十载无穷恨，老泪灯前语罢垂。明发又
为千里别，相思应尽一生期。"

文天祥

大节孤忠万古传，
丹心碧血映诗篇。
昂扬浑灏气悲壮，
直吐胸襟义薄天。

文天祥（1236—1282），初名云孙，字宋瑞，一字履善，自号文山、浮休道人，吉州庐陵（今江西吉安市）人，有《文山集》。《全宋诗》录其诗六卷。文天祥于宝祐四年（1256）状元及第，官至右丞相，封信国公；抗元兵败被俘后，宁死不降，从容就义。作为政治家，文天祥舍生取义，成为民族英雄，光照汗青；作为诗人，其抗元时期所作诗篇，直抒胸臆，义薄云天。正如《过零丁洋》之尾联所言："人生自古谁无死，留取丹心照汗青。"八十六韵五言长诗《高沙道中》叙述其逃出真州城后所历重重险境，表明"慷慨为烈士，从容为圣贤"之心迹，浑灏流转，一韵到底，简直可与老杜《北征》相媲美。《正气歌》高歌浩然正气以自勉自励："当其贯日月，生死安足论！"一颗为国捐躯之心，跃然纸上。

汪元量

客里《醉歌》哀国殇，
《湖州》吟罢恨穿肠。
悲酸满纸遗民泪，
史笔诗情祭宋亡。

汪元量（1241—1317后），字大有，号水云，亦自号水云子、楚狂、江南倦客，浙江钱塘（今浙江杭州市）人，有《湖山类稿》。《全宋诗》录其诗六卷。汪元量为南宋末诗人、词人、宫廷琴师。德祐二年（1276）宋廷降元，汪元量以宫廷琴师身份随太皇太后奉命北迁大都，亲历宋元更替之际种种世态，由此写出大量纪实性诗作。其代表作有《醉歌》（十首）、《越州歌》（二十首）、《湖州歌》（九十八首）等。李珏所撰《〈湖山类稿〉跋》称其诗"备见""亡国之戚，去国之苦，间关愁叹之状，""亦宋亡之诗史"。

元

（七首）

元好问

国亡家破恨无穷，
赋到沧桑句便工。
更有《论诗三十首》，
平章月旦说群雄。

元好问（1190—1257），字裕之，号遗山，太原秀容（今山西忻州市）人，有《遗山集》。《全元诗》录其诗一千二百七十九首。元好问为金末元初文坛盟主，诗、文、词、曲皆能，诗名尤高。《四库全书总目》卷一六六"遗山集"条称其"才雄学赡，……意在以诗存史"。《元诗别裁集·序》则强调其"巨手开先，冠绝于时"。其身为金朝贵胄，却由于国亡家破，被迫成为元臣，内心之悲切怨怼拂去还来。其《歧阳》三首、《俳体雪香亭杂咏》十五首等诗，正是反映丧乱、表达悲情之杰作，其艺术概括力与感染力上承杜甫，具有诗史般意义。正如赵翼《题遗山诗》所云："国家不幸诗家幸，赋到沧桑句便工。"元诗中《论诗三十首》绝句流传很广，它们上承杜甫《戏为六绝句》、南宋戴复古《论诗十绝》以诗论诗之传统，而青出于蓝，总揽诗史，平章杰作，月旦诗人，于诗歌批评史上影响极大。

赵孟頫

人间俯仰成今古，
宋裔仕元何痛楚！
岂待他年始惘然，
当时早已椎心苦。

赵孟頫（1254—1322），字子昂，号松雪道人、水晶宫道人、鸥波，浙江吴兴（今浙江湖州市）人，有《松雪斋集》。《全元诗》录其诗六百七十一首。赵孟頫为宋太祖十一世孙，宋末元初著名画家与书法家。《四库全书总目》卷一六六"松雪斋集"条称其"风流文采，冠绝当时"。书、画之外，赵孟頫兼善诗文，诗为元代大家之一，尤擅七律。其身为宋皇室后裔，宋亡后被迫仕元，内心之痛楚锥心泣血，故表达亡国悲苦之诗如《和姚子敬秋怀》《闻捣衣》《岳鄂王墓》《钱塘怀古》等堪称绝唱，其《闻捣衣》"人间俯仰成今古，何待他年始惘然"两句尤为感人。

杨 载

健儿百战伯生夸，
雅赡雍雍元大家。
心慕老君堂上景，
冰轮坐看欲乘槎。

杨载（1271—1323），字仲弘，杭州（今浙江杭州市）人，有《杨仲弘集》。《全元诗》录其诗四百四十七首。杨载为元代中期著名诗人，与虞集、范梈、揭傒斯并称"元诗四大家"。《四库全书总目》卷一六七"杨仲弘集条"称其诗"生于诗道弊坏之后，……风规雅赡，雍雍有元祐之遗音。"杨载诗以七律见长，诗语劲健，风格豪放，意境恢宏，故被虞集（字伯生）叹之为"如百战健儿"。其写景诗写实中寓想象，尤见特色，其笔下之海景恐怖骇人："海门东望浩漫漫，风飔无时纵恶湍。黑雾涨天阴气盛，沧波衔日晓光寒。"（《望海》）望中之月景则清幽空灵："老君堂上凉如水，坐看冰轮转二更。大地山河微有影，九天风露寂无声。"（《宗阳宫望月分韵得声字》）

虞　集

汉廷老吏语沧桑，
云暗鼎湖哀宋亡。
七律清深七古朴，
重情轻理上追唐。

　　虞集（1272—1348），字伯生，号道园，世称"邵
庵先生"，仁寿（今四川仁寿县）人，有《道园学
古录》《道园类稿》《道园遗稿》。《全元诗》录其诗
一千五百六十五首。虞集为元代著名学者、诗人，素负
文名，学与揭傒斯、柳贯、黄溍并称"元儒四家"，诗
与揭傒斯、范梈、杨载并称"元诗四大家"。其诗沉雄
老练，尝自称"己诗如'汉廷老吏'"（翁方纲《石洲诗
话》卷五引）。虞集诗风学唐，重情轻理；体裁上长于
七律与七古。七律格律谨严，清雅幽深；七古高浑古
朴，纵横无滞。内容丰富多样，尤其是凭吊亡宋之作，
含蓄深沉，如《挽文丞相》诗云："云暗鼎湖龙去远，月
明华表鹤归迟。"用"鼎湖龙去远"喻宋亡不再之哀，
以"华表鹤归迟"表英魂难归之悲，备极沧桑之感。

萨都剌

流丽清柔多好音，
百无禁忌吐真心。
杨安畸恋人皆诟，
寄予同情率尔吟。

萨都剌（约1272—约1355），字天锡，号直斋，山西雁门（今山西代县）人，有《萨天锡诗集》《雁门集》。《全元诗》录其诗七百九十四首。萨都剌有虎卧龙跳之才，人称雁门才子，善绘画，精书法，尤工诗。其诗数量众多，内容广泛，或模山范水，或怀古伤今，或慕仙礼佛，或酬酢应答，风格上最长于言情，以流丽清婉为人称道。萨都剌生逢元末诗风渐入柔靡纤秾之际，自身又并非汉族士大夫，故言情诗不受"哀而不伤，乐而不淫"之陈规羁绊，其逸出儒家道德传统之作最为引人瞩目。比如其七古《杨妃病齿图》描写贵妃："妾身虽侍君王侧，别有闲情向谁说。断肠塞上锦绷儿（指安禄山），万恨千愁言不得。"对杨贵妃与安禄山之畸恋寄予同情，在咏杨诗中实属罕见。

揭傒斯

官运亨通因逸才，
布衣跃上翰林台。
南楼咏月多佳句，
寄托遥深唐韵来。

揭傒斯（1274—1344），字曼硕，号贞安，谥文安，龙兴富州（今江西丰城市）人，有《文安集》。《全元诗》录其诗七百四十八首。揭傒斯幼贫苦读，学通经史百家，因才学出众受卢挚（翰林学士）荐，由布衣而授翰林国史院编修，官至翰林侍讲学士。工书，能文，善诗，与虞集、范梈、杨载并称"元诗四大家"。黄溍《揭公神道碑》赞其"律诗伟然有盛唐风。"《四库全书总目》卷一六七"文安集"条称其诗"神骨秀削，寄托自深"。其五古《和欧阳南阳月夜思》《重饯李九时毅赋得南楼月》等咏月名诗尤享盛名，清彭蕴章《题元人诗十二首》之二赞道："诗名籍甚揭文安，五字长城天历间。赋月南楼有佳句，参军俊逸可追攀。"

杨维桢

沉沦绮藻铁崖体，
排戛纵横豪气遒。
乐府雄浑兼婉丽，
诗坛主宰册春秋。

杨维桢（1296—1370），字廉夫，号铁崖、铁笛道人、东维子，浙江会稽（今浙江绍兴市）人，有《东维子文集》《铁崖古乐府》。《全元诗》录其诗一千三百四十首。杨维桢诗名甚大，于元后期诗坛独领风骚四十余年。《四库全书总目》卷一六八"铁崖古乐府"条称"维桢以横绝一世之才，……纵横排戛，自辟町畦"。胡应麟称其诗"沉沦绮藻"（《诗薮·外编》卷六）。其古乐府成就尤高，既婉丽动人，又雄浑自然，自成一格，谓之"铁崖体"。其生性风流，奔放无羁，《明史·文苑·杨维桢传》谓其"戴华阳巾，披羽衣，坐船屋上，吹铁笛作《梅花弄》，或呼侍儿歌《白雪》之辞，自倚凤琶和之。宾客皆翩跹起舞，以为神仙中人"。

明

（二十一首）

袁 凯

海叟名成《白燕》诗，

最能体物发幽思。

一声新雁三更雨，

正是行人肠断时。

袁凯（约1310—？），字景文，号海叟，松江华亭（今上海松江区）人，有《海叟集》。《全元诗》录其诗二百八十三首。袁诗古体学魏晋，近体师杜甫，却不失自家面目。其咏物诗体物深细，又能借物寓思，以《白燕》一诗最负盛名，其"月明汉水初无影，雪满梁园仍未归"一联为大名士杨维桢所激赏，赢得"袁白燕"之美名。其客中思乡诗亦多有传世名句，如《客中夜坐》"一声新雁三更雨，何处行人不断肠"两句，以雁声雨声衬映旅人断肠之思；《客中除夕》"一杯椒叶酒，未敌泪千行"两句，以酒不敌泪来表现客中除夕"以酒消愁愁更愁"之悲，皆能情景交融，含不尽之意于言外。

刘 基

功媲孔明开国勋,
明初诗苑主风云。
独标高格咏怀抱,
不尚辞华调逸群。

刘基(1311—1375),字伯温,浙江青田(今浙江青田县)人,封诚意伯,有《诚意伯文集》。刘基为明朝开国元勋,辅佐朱元璋完成帝业,以神机妙算、运筹帷幄著称,民间向有"三分天下诸葛亮,一统江山刘伯温"之说。刘基还是诗文大家,与宋濂、高启并称"明初诗文三大家"。其诗不事绮丽,质朴沉郁,与元末"沉沦绮藻"之"铁崖体"分道扬镳。沈德潜《明诗别裁》卷一云:"元季诗都尚辞华,文成(刘基谥号)独标高格,时欲追逐杜、韩,故超然独胜,允为一代之冠。"其代表作有五古组诗《旅兴》五十首,《感怀》三十一首,《杂诗》四十一首等。

杨 基

《铁笛》成名号"少杨"，
　　赋诗最擅五言章。
《岳阳》壮阔时贤赞，
　　可与少陵争短长。

　　杨基（1326—1378后），字孟载，号眉庵，苏州府长洲（今江苏苏州市吴中区）人，有《眉庵集》。杨基为明初诗人，与高启、张羽、徐贲为诗友，时人称为"吴中四杰"；与诗坛泰斗杨维桢有忘年之交，因《铁笛》一诗受其激赏而名扬诗坛，杨基因小杨维桢三十岁，故时人以"少杨""老杨"别称之。杨基最擅五言，五古《感怀十四首》感时伤世，忧国忧民。其写景咏物之作亦以五言居多，如五言组诗《潇湘八景》别出心裁，每诗六句，一诗一景，鲜活俏皮。代表作五律《岳阳楼》则以境界阔大而为时人称颂，甚至将其与孟浩然、杜甫之同题诗相提并论。沈德潜认为其"应推五言射雕手，起接尤入神境"（《明诗别裁集》卷一）。

高　启

或曰明诗第一人，
天才高逸若通神。
广师博采纠元弊，
超拔清新扫俗尘。

高启（1336—1374），字季迪，号槎轩，苏州府长洲（今江苏苏州市吴中区）人，有《大全集》。高启与杨基、张羽、徐贲同为"吴中四杰"，与刘基、宋濂并称"明初诗文三大家"。诗才绝大，兼师众长，而能浑然自成；其诗清新超拔，雄健豪迈，尤擅七言歌行。《四库全书总目》卷一六九"大全集"条称其"天才高逸，实据明一代诗人之上。其于诗，拟汉魏似汉魏，拟六朝似六朝，拟唐似唐，拟宋似宋，凡古人之所长，无不兼之。振元末纤秾缛丽之习而返之于古，启实为有力"。

三　杨

内阁翰林三重臣，
宫廷酬唱领衔人。
歌功颂圣兴台阁，
效法西昆步旧尘。

　　"三杨"指明朝三位名臣：杨士奇（1365—1444，有《东里全集》）、杨荣（1371—1440，有《杨文敏集》）、杨溥（1375—1446，有《文定集》）。三人均历仕永乐、洪熙、宣德、正统四朝，先后位至台阁重臣，正统时加大学士衔辅政，时人称杨士奇有学行，杨荣有才识，杨溥有雅操。"三杨"政治上有建树，诗文上亦影响甚巨，以"三杨"为代表之台阁体诗文，曾独秀于明朝永乐（1403—1424）至成化（1465—1487）年间之文坛。其特征为：步宋初西昆之旧尘，内容上以歌德颂圣、粉饰太平为中心，题材上多为唱酬、题赠、应制之作，艺术上则因循守旧，以典雅工丽相尚。

李东阳

茶陵崛起倡宗唐，
诗苑春风杏出墙。
台阁衰微七子出，
承先启后做桥梁。

　　李东阳（1447—1516），字宾之，号西涯，祖籍长沙府茶陵（今湖南茶陵县），出生于顺天府（今北京），有《怀麓堂集》。李东阳为官五十年，官至吏部尚书，华盖殿大学士，主持文坛数十年，为茶陵诗派重镇。针对四平八稳而缺乏生气之台阁体诗风，李东阳论诗主性情，尤崇李、杜，倡学古，但反对一味模拟。因其官居相位，并主宰文坛，门生众多，故其创作实绩虽不出众，诗论诗风却盛行一时，李东阳主宰之茶陵派遂成为台阁体向前后七子复古运动过渡之桥梁。

祝允明

直抒胸臆慕唐音，
古体诗多效李吟。
《口号》纵情歌所欲，
勘书饮酒弄花心。

祝允明（1461—1527），字希哲，自号枝山，苏州府长洲（今江苏苏州市吴中区）人，有《怀星堂集》。祝允明以书法闻名天下，亦擅诗文。其一生仕途坎坷，十九岁中秀才后，第五次乡试始得中举，其后七次参加会试均名落孙山，故其诗中常有勃郁不平之气。论诗追慕唐音，尤其推崇李白，体裁上也有意学李，多写古体，有些游戏人生之诗看似玩世不恭，却别有风味。如《口号三首·其三》云："蓬头赤脚勘书忙，顶不笼巾腿不裳。日日饮醇聊弄妇，登床步入大槐乡。"袒露本性真情，似捅开一扇天窗，为明代中叶沉闷之诗坛带来些许活气。

唐 寅

才子之诗无挂牵，
赏心乐事即佳篇。
春宵夜夜千金贱，
世上闲人地上仙。

唐寅（1470—1524），字伯虎，后改字子畏，号六如，苏州府长洲（今江苏苏州市吴中区）人，有《六如居士集》。唐寅为明代大画家、书法家，诗文上成就亦高，与祝允明、文徵明、徐祯卿并称"吴中四才子"。虽一生坎坷，官场不遇，却恃才傲物，风流倜傥，放浪形骸。诗如其人，以才情胜，不拘成法，务传情性；善用口语，多纪游、题画、感怀伤世、青楼游戏之作，留下许多炫耀及时行乐之妙句。如《一年歌》云："春宵一刻千金价，我道千金买不回。"《感怀》云："万场快乐千场醉，世上闲人地上仙。"

文徵明

书画诗文皆有成，
旁征博采撷诸英。
境幽意雅多谐趣，
属对选词无不精。

文徵明（1470—1559），原名壁（或作璧），字徵明，四十二岁起以字行，更字徵仲，苏州府长洲（今江苏苏州市吴中区）人，有《甫田集》。文徵明虽然早年科场困顿，久居下僚，曾有过"若为久索长安米，白发青衫忝圣恩"（《秋日早朝待漏有感》）之怅惘，但后来官至翰林待诏，寿至九十，远比祝允明、唐寅等吴中才子幸运。文徵明艺术造诣极高，诗、文、书、画有"四绝"之称，其诗对白诗之雅、柳诗之幽、苏诗之趣、陆诗之工兼收并蓄，在选词、设色、属对方面皆卓然有成。

李梦阳

七子领军为梦阳，
才思雄鸷有担当。
倡言复古气何壮：
文必汉秦诗盛唐。

李梦阳（1473—1530），字献吉，号空同子，庆阳（今甘肃庆阳市）人，有《空同集》。李梦阳为明代中期复古派前七子（李梦阳、何景明、徐祯卿、边贡、康海、王九思、王廷相）之魁首，其理论主张与创作实绩于明代诗史皆举足轻重。《四库全书总目》卷一七一"空同集"条称其"实足以笼罩一时"。《明史·文苑二·李梦阳传》称："梦阳才思雄鸷，卓然以复古自命……倡言文必秦汉，诗必盛唐，非是者弗道。"其复古运动之影响达一个世纪之久。沈德潜《明诗别裁集》卷四称其"七言古雄浑悲壮，纵横变化；七言近体开合动荡，不拘故方，准之杜陵，几于具体。故当雄视一代，邈焉寡俦"。

何景明

力倡为诗必盛唐，
运思却不斥苏黄。
买田阳羡用坡句，
并蓄兼容逾梦阳。

何景明（1483—1521），字仲默，号白坡，又号大
复山人，河南信阳（今河南信阳市）人，有《大复集》。
其与李梦阳并为"前七子"领袖，同为明诗重镇，但风
格各异。沈德潜云："北地（指李梦阳）以雄浑胜，信阳
诗以秀朗胜。"（《明诗别裁集》卷五）《四库全书总目》
卷一七一"大复集"条亦言："梦阳雄迈之气，与景明谐
雅之音，亦各有所长。"何景明虽力倡"诗必盛唐"，但
不似李梦阳不越雷池，而能够兼容并蓄，能从苏轼、黄
庭坚等宋人诗中汲取营养，如其七律《得献吉江西书》
"买田阳羡定何如"句，即从苏轼《菩萨蛮·阳羡作》
"买田阳羡吾将老"句而来。

谢 榛

调高气逸得唐神，
字炼句烹佳作频。
后七子承前七子，
掌门却是布衣身。

谢榛（1495—1575），字茂秦，号四溟山人、脱屣山人，东昌府临清（今山东临清市）人，有《四溟集》。曾与李攀龙、王世贞等结诗社，号为"七子"（后），谢榛虽为布衣，却执其牛耳。继前七子之后，为诗亦力倡摹拟盛唐，重视格调与感兴，主张"选李杜十四家之最佳者，熟读之以夺神气，歌咏之以求声调，玩味之以裒精华"（《四溟诗话》卷一《王渔洋序》引）。沈德潜云："四溟五言近体，句烹字炼，气逸调高，七子中故推独步"（《明诗别裁集》卷八）。其《渡黄河》《居庸关》等边塞诗苍凉浑厚，尤得盛唐遗韵。

吴承恩

西游幻境在天边，
场屋蹉跎年复年。
店里提壶陌上醉，
诗中消遣梦中仙。

吴承恩（约1500—约1582），字汝忠，号射阳山人，淮安府山阳（今江苏淮安市楚州区）人。有《射阳先生存稿》。自幼敏慧，一目十行，博览群书，性耽风雅，为诗缘笔立成；然科场不遇，偃蹇一生。现实之挫折，使其闭门为小说，遂有《西游记》之诞生；移情于诗，清雅流丽，"缘情体物，习气悉除。其旨博而深，其辞微而显"（《长兴县志》）。而逍遥自遣之作最能见其性情，如《醉仙词》云："神仙可学无它术，店里提壶陌上眠。"潇洒至极，亦无奈至极。

李攀龙

谢榛身侧有攀龙，
复古潜心革浅庸。
语近情深工七绝，
主盟廿载做诗宗。

李攀龙（1514—1570），字于鳞，号沧溟，历城（今山东济南市）人，有《沧溟集》。李攀龙接过李梦阳、何景明所率"前七子"之复古旗帜，与谢榛、王世贞等结为"后七子"，继续倡导文学复古运动，主张文主秦汉，诗规盛唐，将肤浅平庸之"台阁体"诗风扫除殆尽。李本人作为"后七子"领袖之一，"才力富健，凌轹一时"（《四库全书总目》卷一七二"沧溟集"条），主盟文坛二十余年，影响及于清初。其诗长于七言近体，七绝最好，沈德潜称李氏"七言绝句有神无迹，语近情深，故应跨越余子"（《明诗别裁集》卷八）。

徐　渭

诗坛复古竞相高，
独异时流侠气豪。
拔剑欲平千古恨，
难逢知己独忉忉。

　　徐渭（1521—1593），初字文清，后改字文长，号青藤老人、青藤道士等，绍兴府山阴（今浙江绍兴市）人，有《徐文长集》。徐渭生性倔强，才高一世，"眼空千古，独立一时"（袁宏道《徐文长传》），但其仕途偃蹇，寂寞一生。其在诗、文、书、画、戏剧等各方面，皆有独到建树。徐渭生逢前后"七子"之时，复古诗风盛行，独徐渭不为所动，其诗作、诗论皆强调表现自我，提倡独创，为诗坛带来活气新风，为抒写性灵之公安派兴起开出路径。其诗个性鲜明，警句迭出，如《侠者》诗颈联云："路逢知己身先许，事遇难平剑欲鸣。"在歌咏古侠之同时，寓有无限感慨。

王世贞

凤根灵异受尊崇，
纸贵洛阳招仿虫。
律绝高华天下重，
于鳞身后廿年雄。

王世贞（1526—1590），字元美，号凤洲，又号弇
州山人，苏州府太仓州（今江苏太仓市）人，有《弇
州山人四部稿》。王世贞灵异凤根，禀赋过人，其弱冠
登朝，即纵横诗坛，与李攀龙、谢榛、徐中行、梁有
誉、宗臣、吴国伦合称"后七子"。但朱彝尊认为"嘉
靖七子中，元美才气，十倍于鳞（李攀龙）……七律高
华，七绝典丽，亦未遽出攀龙下也。当日名虽七子，实
则一雄"（《静志居诗话》卷十三"王世贞"）。李攀龙
去世后，王世贞称雄文坛二十年，《四库全书总目》卷
一七二"弇州山人四部稿"条云："自世贞之集出，学者
遂剽窃世贞。"其影响之大可见一斑。

袁宏道

粪里嚼渣讥复古，
迎头棒喝似雷霆。
不拘格套失粗浅，
贵在清新抒性灵。

　　袁宏道（1568—1610），字中郎，又字无学，号石公，湖广公安（今湖北公安县）人，有《袁中郎集》。袁宏道与其兄宗道、弟中道并有才名，世称"公安派"，而袁宏道则为"公安派"领袖。其诗名不及文名，对明诗发展之贡献主要体现在理论方面：力反掇拾陈言、株守陈见之复古派，痛斥前后七子及其末流之复古诗作犹如"粪里嚼渣，顺口接屁，……记得几个烂熟故事，便曰博识；用得几个见成字眼，亦曰骚人"（《袁中郎尺牍·张幼于》）。提出"性灵说"，认为文随时变，情随境生，必须"独抒性灵，不拘格套"（《叙小修诗》）。该说对清代王士禛"神韵说"、袁枚为代表之"性灵派"均有影响。

钟 惺

幽深孤峭出灵心，

力矫公安慎择音。

犬吠残晖虫泣露，

竟陵诗味耐人寻。

　　钟惺（1574—1624），字伯敬，号退谷，湖广竟陵（今湖北天门市）人，有《隐秀轩集》。因与同里谭元春共选《唐诗归》与《古诗归》，名扬一时，世称"竟陵派"。钟惺与"公安派"同样反对诗文拟古，主张从古人诗作中汲取精神营养，抒写己之灵心；但又不满于公安派浅俗粗鄙之率意为诗，故刻意雕章琢句，追求幽深孤峭之境。《明史·文苑四·钟惺传》有言："自宏道矫王、李诗之弊，倡以清真，惺复矫其弊，变而为幽深孤峭。"其《夜归》之"砌虫泣凉露，篱犬吠残晖"句，正是其幽孤诗风之典型体现。

王彦泓

艳体千篇云雨辞，
柔肠百折咏情思。
奇葩独放明诗苑，
遗响远播民国时。

王彦泓（1593—1642），字次回，润州金坛（今江苏常州市金坛区）人，有《疑云集》《疑雨集》。中国古典诗史上爱情诗不多，爱情诗人更少，宋以后诗、词分工，表达男女恋情、欲情更成为后者专利。而明末王彦泓诗却是另类，在其所存一千三百余首诗中，表现情爱之艳体诗竟多达千首，而且这些情爱诗深得李商隐爱情诗之精髓，深婉绵邈，情景交融，形式上则语言精美，格律精工，冠绝一时。不仅于古典诗坛上堪称奇葩，而且为现代爱情诗导夫先路，故而深得沈从文、郁达夫、张恨水等民国文人之喜爱。

陈子龙

取义成仁有大忠，
文坛沙场两称雄。
深沉勃郁音浏亮，
明季殿军推懋中。

    陈子龙（1608—1647），初名介，后改名子龙，初字人中，后改字卧子，又字懋中，华亭（今上海市松江区）人，有《陈忠裕全集》。陈子龙负旷世逸才，于政坛为英雄，坚决抗清，被捕后宁死不降，投水成仁；于文坛则为明末重镇，诗、词、文皆臻一流。诗名与钱谦益、吴伟业比肩，为明末清初三大诗人之一，其诗内容多感时伤世、忧国忧民，诗语华美瑰丽，音节浏亮，诗风则豪迈苍劲，勃郁深沉。体裁上最擅七言，七律、七古皆多佳作。有明一代，诗派林立，良莠杂出，参差不齐，总体则低迷不振，至明末子龙诗出，出类拔萃，气象自大不同，谓之明诗殿军，不亦可乎？

夏完淳

神童异禀非虚誉，
《代乳集》成方九龄。
十七浩然身殉国，
《南冠草》碧映英灵。

夏完淳（1631—1647），别名复，字存古，号小隐，又号灵首，华亭（今上海松江区）人，有《南冠草》。夏完淳为明代最后一位杰出诗人，其自幼聪明，有神童之誉，五岁知经史，七岁能诗文，九岁即出诗集《代乳集》。十二岁师从陈子龙，十四岁随父夏允彝抗清，兵败被俘后英勇就义，年仅十七岁。夏完淳在明末诗坛上享有盛名乃出于诗作价值本身，但其少年英雄之形象更增其诗作魅力。而天才少年之浪漫想象、民族英雄之爱国情怀，正是其形成慷慨豪放、瑰丽俊朗诗风之根本原因。

清

（二十九首）

钱谦益

明清之际主诗盟，
身后生前毁誉声。
七律精工天下许，
浑融流丽意纵横。

钱谦益（1582—1664），字受之，号牧斋，晚号蒙
叟，江南常熟（今江苏常熟市）人，有《初学集》《有
学集》等。钱谦益先失节仕清，后又暗中组织反清，故
其生前身后，毁誉之声不绝；然作为清初诗坛盟主，其
崇高地位不可动摇。黄宗羲认为其"四海宗盟五十年"
（《八哀诗·其五》），邹镒则称"其为诗也，撷江左之
秀而不袭其言，并草堂之雄而不师其貌，间出入于中、
晚、宋、元之间，而浑融流丽，别具炉锤"（《有学集
序》）。相比而言，其五言"平直少蕴"（沈德潜《清诗
别裁集》卷一）。七言中七律最工，尤其是时政诗，记
事述怀，沉郁精工，深得杜诗神髓。

吴伟业

难忘悲壮《雁门》殇，
又觉《圆圆曲》断肠。
吟咏兴亡成伟业，
鸿篇叙事史流芳。

吴伟业（1609—1671），字骏公，号梅村，江南太仓（今江苏太仓市）人，有《梅村集》。吴伟业为明末清初著名诗人，开创娄东诗派，与钱谦益、龚鼎孳并称"江左三大家"。中国古代诗史上长篇叙事诗不发达，可在吴伟业所存近千首诗中，长篇叙事诗达二十余篇，并且几乎皆为佳作名篇，此成绩可谓空前绝后，仅此一点，已足可令其于中国诗史上占有重要一席。而长达七十八句之《圆圆曲》、七十四句之《雁门尚书行》则为其叙事诗代表作，它们辞采华美，雅俗相偕，擅长铺排而有节制，典故多而不滞涩，并含以诗存史之意。由于梅村诗尤其是七古叙事诗艺术特点鲜明，颇多创造性，故被时人称为"梅村体"。《四库全书》将《梅村集》列于国朝别集之首，绝非偶然。

顾炎武

为人为学两为师，
一代儒宗亦善诗。
羸马独行垂老客，
河山万里总伤时。

顾炎武（1613—1682），本名绛，字忠清，因仰慕文天祥学生王炎午之为人，改名炎武，号亭林，江南昆山（今江苏昆山市）人，有《顾亭林诗文集》。顾炎武与黄宗羲、王夫之并称为明末清初"三大儒"。顾炎武为人重气节，一生拒绝仕清，治学倡考证，开清代朴学之先河，故梁启超赞之曰："我深信他不但是经师，而且是人师。"（语见《中国近三百年学术史》第六章《清代经学之建设——顾亭林、阎百诗》）其诗心系苍生，有风霜之气、松柏之质，沉郁而苍凉，如其《雨中至华下宿王山史家》颔联感时："万里河山人落落，三秦兵甲雨凄凄。"尾联伤己："自笑漂萍垂老客，独骑羸马上关西。"皆可见杜诗魂魄。

宋 琬

安雅堂多变雅诗，
悲情激宕受冤时。
歌行能闯杜韩奥，
勃郁雄沉不尽思。

宋琬（1614—1673），字玉叔，号荔裳，山东莱阳
（今山东莱阳市）人，有《安雅堂诗》。宋琬仕途多难，
曾三次蒙冤入狱，屡受折磨，但其失意于官场，却能得
意于诗坛。王士禛认为："康熙以来，诗人无出南施（施
闰章）北宋（宋琬）之右。"又云："宋浙江后诗，颇拟
放翁，五古歌行，时闯杜、韩之奥。"（均见《池北偶
谈》卷十一《谈艺一·施宋》）沈德潜《清诗别裁集》
称其"天才俊上，跨越众人"；诗风则因"中岁以非辜
入狱，故时多悲愤激宕之音，而溯厥指归，仍不鳌于中
正，此诗中之变雅也"（卷二）。

施闰章

敦厚温柔王孟风，
《观潮》《望岱》却奇雄。
春兰秋菊各时秀，
并蓄兼容诸体工。

施闰章（1618—1683），字尚白，一字屺云，号愚山、矩斋等，江南宣城（今安徽宣城市）人，有《学余堂诗集》。诗风温厚清新，有王孟风致。王士禛论康熙时代表诗人，将其与宋琬比肩，提出"南施北宋"之说，并认为"诗人无出南施北宋之右"（《池北偶谈》卷十一《谈艺一·施宋》）。同书卷十三《摘句图》又称施诗"温柔敦厚，一唱三叹，有风人之旨"。沈德潜亦称其"以温柔敦厚胜"（《清诗别裁集》卷三）。所论自然不错，但施诗亦有奇雄一面，比如《钱塘观潮》《雪中望岱岳》诸诗即是，故袁枚评其诗曰"春兰秋菊，各有一时之秀"（《随园诗话》卷四）。

朱彝尊

博学雄才有大名，
诗人爱憎自分明。
鸳鸯湖棹歌乡景，
最是难忘《马草行》。

朱彝尊（1629—1709），字锡鬯，号竹垞，浙江秀水（今浙江嘉兴市）人，有《曝书亭集》。朱彝尊博通经史，五十一岁时以布衣高中博学鸿词科，康熙时诗名极大，与王士禛并称为"南朱北王"。《四库全书总目》卷一七三"曝书亭集"条引赵执信《谈龙录》语云："王之才高，而学足以副之；朱之学博，而才足以运之。"朱彝尊论诗扬唐抑宋，主张写己之性情，反对趋当世之好。其《鸳鸯湖棹歌》一百首绝句，仿民歌形式写家乡嘉兴风物百景，清新活泼，为咏乡诗之杰作。《马草行》以歌行体写"十万健儿"夜"征马草"时鞭庶民、"呼盘飧""搜鸡豚""倡楼宿"之暴行，其讽刺之生猛辛辣，于清诗中应不多见，堪称讽刺诗之奇葩。

屈大均

夙志成仁诗笔道，
心怀屈杜断肠忧。
思沉语快境雄阔，
无奈难销万古愁。

　　屈大均（1630—1696），字介子，一字翁山，号菜
圃，广东番禺（今广东广州市番禺区）人，有《翁山
诗外》。屈大均为清初大学者、大诗人，自成"翁山诗
派"，并与陈恭尹、梁佩兰并称"岭南三大家"。其生逢
明清易代之际，亡国之悲、复国之志、乡关之思均驱使
他心慕屈原，诗效杜甫，故诗中忧国忧民、夙志成仁之
情感十分强烈。如其《咏怀·其十二》云："今天降丧
乱，日月颠其行。……忠诚夙所主，九死吾何伤。"《紫
荆关道中送客》云："万里悲风随出塞，三年明月照思
乡。"与强烈情感相辅相成，其诗风也显出壮阔特色，
诗思沉郁，诗语豪快，诗境雄奇。

王士禛

卌年文苑主风流，
神韵说诗凝众眸。
七律清幽多妙语，
牧斋之后占鳌头。

王士禛（1634—1711），曾因避雍正名讳而改名为王士祯，字子真，一字贻上，号阮亭，又号渔洋山人，世称"王渔洋"，山东新城（今山东桓台县）人，有《渔洋山人精华录》等。王士禛官至刑部尚书，继钱谦益之后主盟诗坛四十余年，其诗各体兼长，尤工七律，以清幽蕴藉、韵味悠长而为世称道。与诗作相比，其诗论影响更大，吸收司空图"含蓄"、严羽"妙悟"及公安派"性灵"诸说营养，提出"神韵说"。《四库全书总目》卷一七三"精华录"条评价其于诗史之意义道："当我朝开国之初，人皆厌明代王、李之肤廓，钟、谭之纤仄，于是谈诗者竞尚宋、元。既而宋诗质直，流为有韵之语录；元诗缛艳，流为对句之小词。于是士禛等以清新俊逸之才，范水模山，批风抹月，倡天下以'不著一字，尽得风流'（语出司空图《诗品·含蓄》）之说，天下遂翕然应之。"其组诗《戏仿元遗山论诗绝句三十二首》影响虽不及遗山《论诗三十首》，但在"以诗论诗"之传统中亦是重要一环。

查慎行

学苏学陆采诸英，
转益多师有大成。
领袖东南开宋派，
诗思绵至寓深情。

查慎行（1650—1727），初名嗣琏，字夏重，后更今名，字悔余，号他山，晚年居于初白庵，所以又称"查初白"，浙江海宁（今浙江海宁市）人，有《敬业堂集》。查慎行继朱彝尊之后，为东南诗坛领袖。清初诗人多学唐，查慎行力学苏诗、陆诗，且佳作迭出，成就极高，遂被目为清代宋诗派领袖，对诗坛影响甚大。王渔洋比较查诗与陆诗曰："以近体论，剑南奇创之才，夏重或逊其雄；夏重绵至之思，剑南亦未之过，当与古人争胜毫厘。若五七言古体，剑南不甚留意，而夏重丽藻络绎，宫商抗坠，往往有陈后山、元遗山风。"（《敬业堂诗集·序》）

赵执信

少年得志尽风流，
官黜《长生》至白头。
从此隐身诗苑里，
目盲口述死方休。

赵执信（1662—1744），字伸符，号秋谷，晚号饴山老人、知如老人，山东益都（今山东青州市）人，有《因园集》。赵执信少年得志，十四岁中秀才，十七岁中举人，十八岁中进士，二十三岁即任山西乡试正考官。可惜官场险恶，二十八岁因佟皇后丧葬期间观看洪升所作《长生殿》而被弹劾革职，从此不再出仕，徜徉林壑，流连诗酒。其诗风以峭拔深沉著称，《四库全书总目》卷一七三"因园集"条将其与王士禛比较道："王以神韵缥缈为宗，赵以思路劖刻为主。王之规模阔于赵，……赵之才锐于王。"其七十二岁时病目致盲后，坚持口述诗作，而让其子录存，直至八十三岁辞世，为诗坛留下一段佳话。

沈德潜

温柔敦厚倡诗教，
韵雅律严崇格调。
清代诸家选本多，
《别裁》三种乃居要。

沈德潜（1673—1769），字确士，号归愚，江苏长洲（今江苏苏州市吴中区）人，有《沈归愚诗文全集》。沈德潜为清中叶"格调派"代表诗人。其"格调说"本于明代前后七子之复古主张，追求格律谨严，情调雅正；同时注重"诗教"，即强调诗之教化功能，以"温柔敦厚"为旨归："温柔敦厚，斯为极矣。"（《说诗晬语》卷上）其诗作数量不少，但影响不大，倒是其选编之《唐诗别裁》《明诗别裁》《清诗别裁》三种选本，在清代众多选本中出类拔萃，广为流传。《清史稿·列传九十二·沈德潜传》称其"论次唐以后列朝诗为别裁集，以规矩示人。承学者效之，自成宗派。"

厉 鹗

不恋官场少俗心，
身耽山水性耽吟。
流连光景有余韵，
清妙轶群多好音。

厉鹗（1692—1752），字太鸿，又字雄飞，号樊榭、
南湖花隐等，浙江钱塘（今属浙江杭州市）人，有《樊
榭山房集》。厉鹗为清代中叶著名山水诗人。《四库全书
总目》卷一七三"樊榭山房集"条称其诗"吐属娴雅"。
厉鹗性爱山水，模山范水、批风抹月之作极多，甚至
可以说其"十诗九山水"，其山水诗所占比例在诗史上
或无人可出其右，全祖望亦称厉鹗"最长于游山之什，
冥搜象物，流连光景，清妙轶群"（《樊榭山房集》所
附《墓碣铭》）。其山水诗恬吟密咏而饶有余韵，与其博
学当不无关系，沈德潜称其"学问淹洽，尤熟精两宋典
实"（《清诗别裁集》卷二四）。

郑 燮

有画必诗今古无，
匠心独运岂糊涂。
青山咬定多精品，
三绝当推《竹石图》。

  郑燮（1693—1765），字克柔，号理庵，又号板桥，
江苏兴化（今江苏兴化市）人，有《板桥集》。郑燮为
画、为诗、为书皆个性鲜明，独辟蹊径。宣称要画"四
时不谢之兰，百节长青之竹，万古不移之石，千秋不变
之人"（《郑板桥集·题画兰十五则》）。其每画必题诗，
题诗必佳，不仅能发难画之意，而且自成好诗，如其
《竹石图》已是杰作，其上又题诗云："咬定青山不放松，
立根原在破岩中。千磨万击还坚劲，任尔东西南北风。"
可谓诗、画、书三绝，至今万口传诵。

袁 枚

红粉青山伴白头，
天生颖异任风流。
七千多是性灵语，
名士才情谁可侔？

袁枚（1716—1798），字子才，号简斋，晚年自号仓山居士、随园主人、随园老人，浙江钱塘（今浙江杭州市）人，有《小仓山房集》。袁枚为乾嘉代表诗人，与赵翼、蒋士铨合称为"乾嘉三大家"。《清史稿·文苑二·袁枚传》称其"天才颖异，论诗主抒写性灵，他人意所欲出不达者，悉为达之"。袁枚三十九岁致仕后，即以作诗教诗为业，存诗近七千首。其名士生活亦引人注目：善经营，精美食，好女色，爱山水，情商、趣商之高，清诗人中罕有其匹，故赵翼《读〈随园诗〉题辞》称其"其人与笔两风流，红粉青山伴白头。"

蒋士铨

学赡情深师宋唐，
篇篇本色语衷肠。
嵚崎磊落空凡境，
七古苍茫不主常。

蒋士铨（1725—1784），字心余、苕生，号藏园，
又号清容居士，晚号定甫，江西铅山（今江西铅山县）
人，有《忠雅堂集》。蒋士铨为清中叶戏曲家、诗人，
"乾嘉三大家"之一，一生秉性刚直，磊落嵚崎。为诗
主张兼师唐宋，"寄言善学者，唐宋皆吾师"（《辩诗》），
主张出自性情，"文章本性情，不在面目同"（《文字四
首》）。张维屏称其诗"篇篇本色，语语根心"（《国朝诗
人征略》初编卷三十七《蒋士铨》）。王昶称其"诸体皆
工，然古诗胜于近体，七言又胜于五古，苍苍莽莽，不
主故常"（《蒲褐山房诗话》卷上"一二九条"）。袁枚更
激赏道："摇笔措意，横出锐入，凡境为之一空。"（《蒋
心余〈藏园诗〉序》）

赵 翼

不拘唐宋不因循，
力主性灵求出新。
绝句论诗传诵广，
江山代代有才人。

赵翼（1727—1814），字云崧，一字耘崧，号瓯北，又号裘萼，晚号三半老人，江苏阳湖（今江苏常州市武进区）人，有《赵瓯北全集》。赵翼作为史学家，《廿二史札记》名闻遐迩；作为诗人，为"乾嘉三大家"之一。其论诗强调"性灵"，其《闲居读书作六首》之五云："力欲争上游，性灵乃其要。"其组诗《论诗五首》从多角度强调作诗自出手眼、推陈立新之重要性，虽只有五首，但在以诗论诗传统中亦占一席之地。其《论诗·其二》云："李杜诗篇万口传，至今已觉不新鲜。江山代有才人出，各领风骚数百年。"所为诗，最擅五古，情意自肺腑自然流出，思到词至，不以唐宋格律为意，自由自在，自成一家。

黎 简

法古师贤不守陈，

凿锤雕琢刻求新。

悼亡百韵诉哀恸，

泣血椎心最动人。

黎简（1747—1799），字简民，一字未裁，号二樵，广东顺德（今广东佛山市顺德区）人，有《五百四峰堂诗钞》。黎简为乾嘉年间岭南著名诗人、书画家，被誉为诗、书、画、印四绝。黎简诗以博采广师、成己一家著称，张维屏《国朝诗人征略》初编卷四十六《黎简》云："其诗由山谷（黄庭坚）入杜，而取炼于大谢，取劲于昌黎，取幽于长吉，取艳于玉溪，取瘦于东野，取僻于阆仙。锤焉凿焉，雕焉琢焉，于是成其为二樵之诗。"其悼亡诗《述哀一百韵》，椎心泣血，尤其感人。

黄景仁

庭坚后裔少而聪，
师法青莲肆又工。
月白酒阑闻鹤唳，
孤云自在任秋风。

黄景仁（1749—1783），字汉镛，一字仲则，号鹿菲子，江苏武进（今江苏常州市武进区）人，有《两当轩集》。黄景仁为宋朝诗人黄庭坚后裔，乾隆时代表诗人，其禀赋卓异，少年时即有诗名。诗学李白，擅长七言，诗作既倾诉穷愁潦倒、寂寞凄怆之酸悲，又常带幽并侠气，愤世嫉俗，作不平之鸣，最能得青莲之神韵。"月""酒""鹤""秋"为其诗中常见意象，感伤中含有孤高，如其《和仇丽亭·其四》云："手指孤云向君说，卷舒久已任秋风。"无奈中亦能见出几分洒脱。

宋 湘

骐骥扬鬃出岭南，
挥毫立就兴何酣！
笔携李杜千钧力，
卷起雄浑万丈岚。

宋湘（1756—1826），字焕襄，号芷湾，广东嘉应（今广东梅州市梅县区）人，有《红杏山房诗钞》。宋湘为清代中叶著名诗人，英才早慧，九岁即能文，出口成章，诗思尤其敏捷，每有诗兴，挥毫立就，有"文中骐骥"之美誉，与黎简双峰并峙于同时。宋湘为著名清官，为政勤勉，为官清廉，其诗多反映现实、体恤民生之作。风格上则磊落豪放，激情奔泻，哀乐无端，自言作诗不用法，只须真情，但显然宗唐并心仪、效法李杜。曾有诗话云："余尝谓哭不能如老杜，歌不能如青莲，皆可不必做诗。"

张问陶

空灵沉郁近人情，
天纵诗才天籁鸣。
各体皆工出肺腑，
蜀中冠冕岂虚名？

张问陶（1764—1814），字仲冶，一字柳门，号船山，四川遂宁（今四川遂宁市）人，有《船山诗草》。张问陶为清代乾嘉时大诗人兼书画家，诗被誉为清代蜀中之冠。其论诗主张抒写性情："天籁自鸣天趣足，好诗不过近人情"（《论诗十二绝句·十二》）；追求独创："模宋规唐徒自苦，古人已死不须争"（《论诗十二绝句·十》）。其诗沉郁空灵，皆自肺腑流出，不师古人，个性鲜明，各体皆工，七绝尤其擅长，与袁枚、赵翼合称清代"性灵派三大家"。袁枚视其为"八十衰翁生平第一知己"，称其人有"倚天拔地之才"（《小仓山房尺牍》卷七《答张船山太史》）。

舒　位

九落孙山实可悲，
一腔郁怒寄于诗。
名闻遐迩年方盛，
母殁魂伤身竟随！

　　舒位（1765—1815），字立人，号铁云，自号铁云
山人，小字犀禅，直隶大兴（今北京市大兴区）人，有
《瓶水斋诗集》。舒位九试进士不第，遂绝仕进之念，移
情诗坛。其一生沉沦下层，四方游食，饱尝世态炎凉，
故其诗题材丰富，多有不平之鸣。龚自珍称其"高才胜
高第"，并将其诗风概括为"郁怒横逸"（见《己亥杂
诗·一一四》）。体裁上则擅长七言，七古、七律皆多杰
作，可惜正当舒位于诗坛声誉鹊起、名闻遐迩之际，竟
因母殁悲伤过度，不进水浆而卒，年方五十一岁。

陈 沆

看似寻常意却新，
语咸己出不随人。
清苍幽峭开诗派，
写实传真悲庶民。

陈沆（1785—1826），原名学濂，字太初，号秋舫，室名简学斋、白石山馆，湖北蕲水（今湖北浠水县）人，有《简学斋诗存》。陈沆为嘉庆二十四年（1819）殿试状元，领衔开晚清清苍幽峭一派，多反映现实之作，体现出悯民济世之仁。而在表现手法上，其诗最善用寻常语，言前人所未言、今人所欲言而不能言之景象。比如其《有感》诗曰："传闻南海事全非，十室炊烟九室稀。须识治兵先治吏，自来防盗在防饥。"仅四句寻常语，就概括了民生之惨状、挖掘了根源以及治本之法；后两句妙用重字，意在说理，却诗味盎然。

龚自珍

国将不国欲何求？
禁毒虎门多事秋。
《己亥杂诗》三百首,
厄言启圣示殷忧。

　　龚自珍（1792—1841），字璱人，号定庵，浙江仁和（今浙江杭州市）人，有《定庵诗文集》。龚自珍为晚清著名思想家、诗人。诗为心声，龚自珍诗与时俱进，开拓新宇，以思想性之深刻而有别于前贤，开近代忧患诗之先河。其诗之形象性、抒情性并未因思想性强而有所减弱，并无说教之弊；形式多为近体，而以七绝为大宗。组诗《己亥杂诗》由三百一十五首七绝组成，内容有忆往、送别、论诗、记事、咏史、述怀、讽时、议政等，厄言殷忧，启人深思。己亥年（1839）正是林则徐虎门销烟之年，多事之秋，政治风云激荡，此重大背景更为组诗平添一层忧患色彩。

魏　源

《寰海》廿章醒国民，
欲师夷技制夷身。
痛心疾首议时政，
诗做刀枪第一人。

　　魏源（1794—1857），字默深，又字墨生、汉士，号良图，湖南邵阳（今湖南邵阳市）人，有《古微堂诗集》。魏源为晚清启蒙思想家、政治家、诗人，乃近代中国"睁眼看世界"之思想先驱，其论学以"经世致用"为宗旨，主张学习西方先进科学技术，"欲师夷技收夷用"（《寰海十章·其二》），其诗正是其"经世致用"主张之艺术实践。鸦片战争失败后，先后写出组诗《寰海十章》《寰海后十章》，直面现实，痛定思痛，针砭时政，从各种层面总结战败之沉痛教训，或可视作近代诗人中以诗笔做刀枪之第一人。

王闿运

中绳矩步不泥古，
豪迈孤高云卷舒。
格律森严多杰作，
鸿篇短制匠心摅。

　　王闿运（1833—1916），字壬秋，又字壬甫，号湘绮，湖南湘潭（今湖南湘潭市）人，有《湘绮楼诗文集》。王闿运为晚清经学家、诗人，民初汪国垣之《光宣诗坛总录》列其为光宣诗坛第一人。王诗恪守格律，矩步中绳，作诗主张从拟古入手，五古宗魏晋，七古及近体诗宗盛唐，但其诗作并不泥古，而是熔铸古韵之美，出以己意，自成一家。其《独行谣》《圆明园词》等鸿篇巨制，感时伤世，堪称史诗；而写景纪游诗则有一股孤高豪迈之气，如《入彭蠡望庐山作》云："轻舟纵巨壑，独载神风高。……扬帆载浮云，拥楫玩波涛。"气派自是非同一般。

黄遵宪

鼓吹科技倡文明，

新酒旧瓶初试行。

二百杂诗犹史笔，

不遗巨细述东瀛。

　　黄遵宪（1848—1905），字公度，别号人境庐主人，广东嘉应（今广东梅州市梅县区）人，有《人境庐诗草》《日本杂事诗》。黄遵宪为晚清"新派诗"之代表诗人，又是外交家，历任清国驻日、美、英、新等国外交官，其眼界识见，远超时辈。其《酬曾重伯编修》其二云："风雅不亡由善作，光丰之后益矜奇。"诗体须"善作"，内容则"矜奇"，意即拿旧瓶装新酒，用"旧风格含新意境"，以表现新事物、体现新思想、展现新风格。故梁启超有云："近世诗人，能熔铸新理想入旧风格者，当推黄公。"（《饮冰室全集·文苑·饮冰室诗话》）比如在《今别离》四首中将轮船、电报、火车、照相等西方最新科技产物融入诗中，表现别离主题，为乐府旧题开出新境界。而二百首《日本杂事诗》以七绝形式，几将日本历史与现状之千姿百态悉数网罗。

陈三立

同光诗派主盟人，
俊逸秾深罕比伦。
大义凛然昭日月，
抗倭宁死不蒙尘！

陈三立（1852—1937），字伯严，号散原，江西义宁（今江西修水县）人，有《散原精舍诗》。1937年"卢沟桥事变"后北平沦陷，陈三立坚决不与日伪合作，绝食五日而死，气节之崇高感天动地。陈三立为近代同光体诗派领袖，梁启超称"其诗不用新异之语，而境界自与时流异。秾深俊微，吾谓于唐宋人集中，罕见伦比"（钱仲联编著《近代诗钞·陈三立简介》引语）。陈衍则认为其诗"可以泣鬼神，诉真者，未尝不在文从字顺中也"（出处同上）。陈三立尤擅近体，设色造境，字斟句酌，却很少斧凿痕迹，其被誉为中国最后一位传统诗人，诚有以也。

谭嗣同

英雄落笔恰如人，
慷慨淋漓唱献身。
煤屑题诗向死笑，
不成功则乐成仁。

谭嗣同（1865—1898），字复生，号壮飞，湖南浏阳（今湖南浏阳市）人，有《莽苍苍斋诗》。谭嗣同为中国近代著名政治家、思想家，1898 年参加领导戊戌变法，失败后矢志成仁，从容就义。谭嗣同人为殉国英雄，诗亦多豪侠之气、报国之情，其《河梁吟》云："抚剑起巡酒，悲歌慨以慷。束发远行游，转战在四方。"《别意》云："志士叹水逝，行子悲风寒。"《有感》云："四万万人齐下泪，天涯何处是神州。"最负盛名者则为以煤屑于狱中题壁之诗："望门投止思张俭，忍死须臾待杜根。我自横刀向天笑，去留肝胆两昆仑。"

秋　瑾

鉴湖女侠亦诗豪，
碧血丹心为国号。
莫道激昂含蓄少，
直抒胸臆亦风骚。

秋瑾（1875—1907），初名闺瑾，字璇卿，号旦吾，后改名为瑾，字竞雄，自称鉴湖女侠，浙江山阴（今浙江绍兴市）人，有《秋瑾集》。秋瑾为中国妇女解放运动之先驱、近代革命志士，被清军逮捕后英勇就义。其存诗百余首，数目不多，但特点鲜明，激昂慷慨，直抒胸臆，充满英雄气概与献身精神，如其《剑歌》云："死生一事付鸿毛，人生到此方英杰。"《红毛刀歌》云："刀头百万英雄泣，腕底乾坤杀劫操。"《黄海舟中日人索句并见日俄战争地图》云："拼将十万头颅血，须把乾坤力挽回。"其诗虽有浅白直露之嫌，但作为反映时代洪流之革命诗篇，在诗史上当占有一席之地。

全书草毕于 2016 年冬，定稿于 2023 年冬

跋　语

　　中华文明，源远流长；中国古代文学，壮丽辉煌。而中国古典诗歌，则为中国古代文学之主干；其所达到之高度，是中国古代文学之天花板。唯其如此，各种古代文学史论述古典诗歌之篇幅，远远超过论述其他门类之总和。近现代以来，无数专家学者在古典诗歌研究领域里开荒辟地，精耕细作，已收获无数成果。不过，时至今日，后来者们虽然孜孜矻矻，勤耕不懈，但突破有限。余读诗之余，不禁想到，既然内容上难有突破，何不在形式上另辟蹊径？约一百五十年前，大诗人黄遵宪用七言绝句写新事物，树旧瓶装新酒之新风，引发诗界革命。今日余反其道而行之，将诗史之旧内容出之以绝句之新形式，以新瓶装旧酒，不亦可一试乎？

　　不敢贪天之功为己有，以诗论诗，古已有之。余所为者，不过是继承传统而已。唐代杜甫评论历代诗人之《戏为六绝句》开山在前，南宋戴复古专论创作理论之《论诗十绝》继踵其后，元人元好问评论诗人兼论诗学之《论诗三十首》，影响更为深广。及至清代，论诗诗更是大行其道，钱谦益、王士禛、赵执信、袁枚、赵翼、洪亮吉、宋湘、张问陶、龚自珍、彭蕴章等著名诗人皆有论诗绝句问世，其中王士禛《戏仿元遗山论诗绝句三十二首》、赵翼《论诗五首》、洪亮吉《论诗绝句》二十首、宋湘《说诗八首》、张问陶《论诗十二绝句》、彭蕴章《题元人诗十二首》等均为组诗，至于不以"论诗""说诗"等泛论为题，而是专论某人、某诗之绝句则更是层出不穷，俯拾即是，如赵翼《题遗山诗》、宋湘《与人论东坡诗二首》、龚自珍《舟中读陶诗三首》等皆是。由于这些论诗诗皆出自著名诗人之手，惺惺相惜，故论诗能切中肯綮、画龙点睛；而且很多诗本身即是将理与情、人与诗熔于一炉之佳作。它们绵绵不绝，成为诗史上一道动人风景。

余学外闲人，才疏学浅，于诗学诗作上亦无甚造诣，仅为一诗歌爱好者；论诗之学识与作诗之才情，与上述诗人自然有云泥之别，不可同日而语。之所以不知天高地厚，斗胆以诗论诗，以二百首绝句勾勒诗史，乃出于抛砖引玉。"非曰能之，愿学焉"之思也。谢灵运虽贵为山水诗开山，然其诗仍是多佳句而少完篇。同样，古人虽多有论诗之佳作，但就一部诗歌史而言，却是只有局部、没有整体，而且多为微观评论诗人诗作，而很少兼顾宏观诗史之流变，未能从诗史着眼，去统筹诗论对象及诗论角度。所有这些，皆为余从诗史出发之论诗绝句留下待补之空白、发挥之空间，于是，不揣浅陋，不自量力而成此一册。

论诗千古事，甘苦寸心知。操觚中余之用心，撮其要者，约有以下三端：

一、内容上论诗人为主，兼及作品集与诗风。拙稿始于先秦，终于清末，将诗史上影响深广之重要诗人、重要诗集、重要诗风大致网罗，涵盖三千年古代诗史。二百首绝句中，论诗人之诗一百八十二首，论诗集之诗十五首，论诗风之诗三首。就时代分布而言，隋唐之前三十二首，隋唐六十二首，宋四十九首，元七首，明二十一首，清二十九首。如此分配，中华古代诗史之全貌，庶几可窥也。论诗人之诗中原则上一人一诗，但对于诗史上成就卓异、地位显赫之诗人，则一人数诗。具体说来，东晋陶渊明二首，唐代王维二首、李白四首、杜甫四首、韩愈二首、白居易三首、杜牧二首、李商隐四首，两宋梅尧臣二首、欧阳修二首、王安石三首、苏轼四首、黄庭坚二首、陈与义二首、陆游四首、范成大二首、杨万里二首。如此安排，重要诗人于诗史之意义，或可彰显也。

二、体例上绝句与短文相辅相成。绝句仅有短短二十八字，若无短文配合，诗则无所凭依，易成空中楼阁，不便于初学。因此，绝句后附有三百字左右短文，扼要介绍所论对象之概况，如诗人之简历、诗作特点及影响等。而短文所言含有某些诗句之出处或根据，可与绝句互为表里，相得益彰，共同表现题旨。又由于论诗绝句与一般诗作不同，其主旨不是作者表现主观自我，而是力求客观反映所论对象，故有意对前人高论或诗人自身名句多所征引，或可收以少胜多之效。下面且以《古诗十九首》一篇为例，以见一斑。诗文如下：

惊心动魄字千金，

冠冕五言凌古今。

祸福无常乱世里，

人之觉醒以诗吟。

南朝梁萧统（501—531）选录十九首无名氏古诗编

入《昭明文选》,《古诗十九首》由此而得名。一般认为它们作于东汉顺帝末至献帝前,即公元 140 年至 190 年之间。《古诗十九首》为乐府古诗文人化以及五言诗成熟之显著标志,思想与艺术水平皆冠绝一时。刘勰称其为"五言之冠冕"(《文心雕龙·明诗》);钟嵘赞其"惊心动魄,可谓几乎一字千金"(《诗品》卷上)。它们将此前以表现外部世界为主之诗转向心灵展示,将生逢乱世、朝不保夕之作者对于人生意义之思考以及各种情思,以自然朴素之语言,生动真切之描写予以艺术再现,令古今读者读之朗朗上口,思之总有所悟,故能常读常新。

诗首句征引钟嵘《诗品》"惊心动魄,可谓几乎一字千金"之赞词,次句则暗用刘勰《文心雕龙·明诗》"五言之冠冕"之评语,将《古诗十九首》之艺术特色与崇高地位予以概括;后二句则将其诗史上之思想意义彰显出来。诗与其后短文二者合观互参,《古诗十九首》之精义,大略可知也。如无此短文,熟知《古诗十九首》者固然对绝句有所会意,生疏者或恐不知所云也。

三、诗文写作上力求抓住特色,并重视其诗史之意义。二百首绝句及短文论人、论诗,意在论列诗史,因而对史之意义须臾不敢忘也。比如论述《国风》之绝句云：

> 先人百态悉吟哦，
> 十五国风瑰宝多。
> 继往开来文学史，
> 源头活水是民歌。

首二句概括《国风》特色，后二句则强调其诗史意义，乃中国古诗之"源头活水"，由此出发，方有"继往开来"之文学史。再如《曹操》一首：

> 文韬武略腹经纶，
> 横槊赋诗情率真。
> 写实抒怀双拓境，
> 四言此后少高人。

首句写其人，次句写其诗，后二句则突出其诗史上之贡献。曹操用古乐府题写时事，抒己胸臆，开文人拟古乐府创作之先河。其四言诗创作将《诗经》之四言体推向新高度，其后四言诗走向式微，故曹诗又有"四言诗殿军"之美誉。因此绝句云"四言此后少高人"。

关于绝句写作，需要说明一点。我们知道，袭用前人成句入词是常见现象，入诗则很少，为论诗者所诟病。可拙稿有几首绝句却斗胆照录古诗成句，如《元好问》一首云：

> 国亡家破恨无穷，
> 赋到沧桑句便工。
> 更有《论诗三十首》，
> 平章月旦说群雄。

此诗第二句即全引赵翼《题遗山诗》"赋到沧桑句便工"句。余之绝句意在表现元遗山其人其诗。元好问身为金朝贵胄，却由于国亡家破，被迫仕元，此惨痛经历正是其好诗之催化剂。赵翼此句既表达出遗山诗之神髓，又是说明诗与生活关系之精辟诗论，故眼馋手痒，拿来一用。至于引用成句是否有违约定俗成之近体诗规，则非所计也。

无知者无畏，以绝句形式叙述三千年波澜壮阔之诗史，前无古人，不过是一鲁莽小子鲁莽之尝试也。绝句论诗，固然短小，但精悍难求。囿于水平，力不从心，短文中以偏概全、断章取义者在所难免，绝句中粗陋疏阔、浅近直白者亦比比皆是，差评、讥评不难想见，诚所谓吃力不讨好者也。然余之所以不避斧钺，乃为普通读者计也。普通读者闲来阅读古诗，了解古代诗史，并非意在研究，而是娱情遣兴之审美行为。论诗绝句一诗一论，提纲挈领，简洁明了，闲而阅之，不亦乐乎？

日本南山大学亚太研究中心前主任、教授、现名誉教授蔡毅先生为余长年之学兄益友，大兄于诗学研究上多有建树，于古诗教学上多有心得，于古诗创作上亦多有精品，蒙其鼓励，余方敢放胆草此拙稿。拙稿篇目，又幸得其法眼审核，慧心斟酌，《沈德潜》一篇即据其建议增补入书。此次又承蒙大兄赐序，其缀玉连珠之锦绣序文，为拙著大增光彩！文中对余奖誉过甚，令愚弟惭愧万分，惶恐万分，然未尝不是温婉之鞭策也，余自当勉之。谨在此向大兄叩首致谢！大兄对余之高情厚谊，非谢辞所能尽言者，固知之矣。

余漂泊东瀛，虽在多所大学兼课，但东奔西跑之余，却是优哉游哉，空暇甚多。闲来无事，诗以遣兴；日积月累，成此一册。初稿 2016 年草成后，即一直酣睡于电脑之中。今幸承中国出版集团研究出版社丁波总编辑拨冗关照，并赐以青眼，遂使拙稿得以付梓，服务于社会。2021 年，余所编《本淳学洽，薪尽火传——周

以诗论诗——咏中华诗史绝句二百首

本淳先生百年诞辰纪念集》，即由丁先生拍板出版。求学路上能遇丁先生，何其幸哉！

此书从内容看，属于古典读物；从形式看，又有轻松休闲一面。所以其装帧编排，既需要典雅之古韵，又需要飘逸之灵气。二者如何兼顾？诚大难题也。感谢精益求精之于孟溪责编，呕心沥血，举重若轻，将矛盾之二者统一为精美之一册。而装帧编排之精美，对"新瓶装旧酒"之"新瓶"来说，实举足轻重之胜负手也。余对于老师及收官者孔玉老师之敬意，又岂是一个"谢"字所能了得！

乙巳春，东方闲人周先民识于名古屋闲人斋